立つ鳥の舞

くらまし屋稼業

今村翔吾

時代小説文庫

角川春樹事務所

本書はハルキ文庫（時代小説文庫）の書き下ろし小説です。

序章

燦々《さんさん》と陽が照り付ける中、下谷広小路《したやひろこうじ》を歩んでいた赤也《あかや》は、三橋《みはし》の手前を西へと折れた。不忍池《しのばずのいけ》沿いを西へと進む。水場の近くのほうが涼しいかと考えたのだが、風に湿気が含まれ、かえって息が詰まりそうになる。

池の傍には柳の木が植えられており、その細い葉の隙間を縫うように、しゅんしゅんという蟬《せみ》の鳴き声が、零れ落ちていた。

今年の文月《ふづき》（七月）は例年に比べて暑い。行き交う人々の顔は漏れなく汗で光っており、今すれ違った職人などは、首から下げた手拭いが水につけたようにぐっしょりと濡れていた。

「どこにするかねえ。いい店あるか？」

赤也は左手に並ぶ池之端仲町《いけのはたなかちょう》の店を見ながら言った。

「今のところ、ぴんと来ませんね」

相槌《あいづち》を打ったのは博打《ばくち》仲間の久助《きゅうすけ》である。今日は春木町《はるきちょう》一丁目の中間《ちゅうげん》部屋で賭場が立つ日なので、共に行く約束をしていた。賭場が立つのは日暮れ時。その前に適当な店で一杯やろうと落ち合ったのである。

「兄《にい》、あの店はどうです？」

久助は少し先の店を指差しながら言った。

「何か陰気臭えな」

「俺もそう思っていたんです。他の店にしましょう」

調子よく答え、久助はいししと白い歯から息を漏らして笑う。

久助は己より六つ年下で、一昨年に賭場で出会った。有り金を全てすってしまったのに、久助は胴元から銭を借り、もう一回だけと勝負に臨んだ。

結果は負け。久助は次に来た時に払うと席を立とうとしたが、胴元は許さなかった。

後に知ったことだが、久助は江戸で四代続く釜師の息子で、自身は五代目となるべく修業中の身。日本橋《にほんばし》にそれなりの広さの工房を構えている。近年、周りに多くの店が立ち並ぶようになり、工房の土地を譲ってくれとひっ切りなしに声が掛かっていたらしい。売った金で深川《ふかがわ》あたりに移せばよいと口説かれても、久助の父は代々の工房を売るつもりはないと、けんもほろろに追い返す。

この工房の土地を狙っていた商家が、香具師《やし》の元締めに立ち退かせる方法を相談したという訳である。香具師の元締めは息子の久助が無類の博打好きということを知り、自らの賭場に誘い込み、嵌《は》めたという次第であった。

自業自得とはいえ、進退窮まっていた久助が哀れに思え、その場に居合わせた赤也が、

——二十両だっけな。

と言って、懐《ふところ》から多めに切り餅一つを出して放り投げてやった。その日の博打は珍しく少々勝っていたし、加えて勤めの直後だったから持ち合わせがあったのだ。

金さえ出せば、胴元も名分を失う。忌々しそうに歯を食い縛って、追い払うように手を振った。

賭場を出ると久助は手を取らんばかりに感謝した。だが赤也はすぐに、

——走れ。

と言って、久助の襟《えり》を引いて駆け出した。

そして素早く猫道に飛び込み、賭場の入り口を窺《うかが》い見ると、人影がぞろぞろと出て来る。何やら話した後、左右に手分けして走っていったのだ。

やくざ者にとって面目は大事である。他の客もいた賭場ではあれで済んだかもしれないが、必ず追いかけてくると踏んでいたのだ。

こうして救ったのが縁で、以降は兄、兄と呼んで慕ってきて、月に二、三度は共に賭場に行くようになっているのである。

「それにしても暑いな」

赤也は団扇《うちわ》のように手で顔を扇《あお》いだ。

「たまらんですね。でも、兄は全く汗を掻《か》いてないようだけど？」

久助は訝《いぶか》しそうに顔を覗《のぞ》き込んで来た。

「……生まれつきな。でも暑いのは一緒さ」

「へえ。そうなんですね」

久助はそれ以上興味を示さず、再び店を探し始めた。

咄嗟《とっさ》に生まれつきと言ったが嘘である。己も子どもの頃は人並に汗も掻いた。だが修練を積んで、幾ら暑くとも汗を止められるようになったのだ。今ではむしろこちらが常態として癖づいたが、反対にこの瞬間でも汗を出そうと思えば自在に出せる。

――気をつけねえとな。

赤也は改めて自らを戒めた。

汗が出ないように修練したのも、家業によるものであった。久助は己の裏稼業のことも、それ以前に己が何をしていたかも知らない。上州《じょうしゅう》から流れて来て小商いをしたが失敗し、今は日雇いの仕事をしながら、博打三昧の暮らしをしていると言っており、それをそのまま信じ込んでいる。

万が一露見しようものならば、己は裏稼業を止《や》めねばならないし、この江戸からも去らねばならないことになるだろう。

——あいつ死ぬほど怒りそうだし。

もし知れた、とすれば、七瀬《ななせ》は烈火の如く怒るだろう。それがまざまざと想像出来、赤也は頬を苦く緩めた。

「あそこなんてどうです？　店構えがよさそうだ」

久助が指差して尋ねる。

「あそこは駄目だ。前に行ったことがあるが酒が薄い。ありゃあきっと水を混ぜているな。それに肴《さかな》も美味《うま》くねえ」

「流石《さすが》、兄だ。よく知っている。それじゃあ駄目だね」

久助は煽《おだ》てておいて、きょろきょろと別の店を探し始める。

なかなか良い店というものには巡り合わない。考えれば波積《はづみ》屋はいい酒を取り扱っており、肴に使う材料の鮮度も抜群だ。包丁を握る茂吉《もきち》の腕も頗《すこぶ》る良い。それでいて他の店よりも安く、薄い儲《もう》けでやっている。加えてお春《はる》は愛想がよく、気に喰わないが七瀬も男たちに人気がある。流行《はや》らぬほうがおかしいというものだ。

「今度こそ。あそこはどうだい？」

「よさそうじゃねえか」

「よし、決まりだ。喉がからからで干上がっちまいそうだ」

茅町《かやちょう》のこざっぱりとした煮売り酒屋である。まだ早い時刻だというのに店の中に人の気配が満ちているのは、流行っている証拠だろう。

「ごめんよ。二人だけどいけるかい？」

久助が先に店の中に声を掛ける。空きがあるとのことで赤也も暖簾《のれん》を潜った。確かに繁盛している。小上がりはすでに沢山の人がおり、一席だけしか空きはない。ほかに卓が幾つかあり、ひっくり返した小さな桶を腰掛けとして使っている。

「奥に行きますか」

どこでも好きなところに座ってくれと言われたらしく、久助はそう言って奥へと進んでいこうとする。

「こっちでいいよ」

「でも空いているんですぜ？」

「一見はこっちでやるもんさ」

初めて来た店では隅の席に座る。何度か足を運んでいると、店の者も顔を覚えてくれ、奥に座って下さいなどと言うものだ。そこで初めて小上がりを使う。それが粋なといえば大層だが、店や馴染《なじ》み客への礼儀でもあると思っていて、赤也なりの流儀なのだ。

「なるほど。勉強になります」

久助はおべっかも使うが、己を尊敬してくれているのは真《まこと》らしく、感心して素直に卓の前に腰を下ろした。

「酒と肴を適当に頼む」

「あいよ」

丁度、他の客の酒を運んでいた男が威勢よく答える。ざっと見ただけでも板場含めて五人いる。これと同じくらい繁盛しているのに波積屋は三人。しかも一人はまだ幼さの残るお春である。波積屋の者の要領がいかに良いかと解るものである。

「あと半刻(一時間)と少しで賭場も開くでしょう」

「ああ、そうだな。今日は種銭を幾ら持って――」

「吉次《きつじ》さん……?」

赤也はぎょっとして振り返った。そこに立っていたのは、でっぷりと肉置《ししお》き豊かな年増。唖然《あぜん》として景色がゆっくりと流れる中、視線を下に落とすと酒の載った盆を手にしている。先程までは用でもあって奥に引っ込んでいたのだろう。この店で働いている者はまだ他にもいたのだ。

「ええと、この人は赤……」

「人違いじゃねえですか」

赤也は遮るように言った。声を変えようと思ったが、それだと今度は久助に怪しまれる。間違われて怒っている。そう取る程度に低く、怒気が籠っているように演じた。

年増は一瞬眉《まゆ》を顰《ひそ》めたが、顔を背ける己の顔を覗き込んで首を横に振る。

「やっぱり間違いない。吉次さんじゃあないか」

「久助、出るぞ」

手早く財布の中から一分銀を取り出して置くと、赤也は早くも腰を上げた。これも怒っている演技なのだが、冷静に考えれば下手過ぎた。これから博打を打とうという者が、人違いで怒ったとしても、一杯の酒も飲んでいないのに虎の子の種銭を無駄に捨てはしない。案の定、久助は血相を変えて、

「もったいねえ。一本幾らだい。釣りを……」

と、年増に話しかけている。だが年増は答えず、じっと己の横顔を見つめている。

いたたまれなくなって先に店を出ようとする赤也の背に、年増の声が突き刺さった。

「夕希《ゆうき》は達者でやっているよ」

——このお節介焼きめ。

思わず心の中で罵《ののし》ったのは赤也ではない。遥か前に捨てたはずの吉次だった。

暖簾も揺らさぬように、いや少しでも小さく目立たぬように、身を屈めて赤也は外へ飛び出した。

強い日差しが降り注いで顔を顰《しか》めたのも束の間、赤也は不忍池を撫《な》でる生ぬるい風を切り裂くように足早に歩き始めた。

何故、あの年増がここにいるのかという疑問、迂闊《うかつ》に知らぬ店に入るものではないという後悔、この広い江戸で顔を合わせる己の運のなさへの憤《いきどお》り。様々な考えや感情で打ち消そうとするが、滓《おり》のように心の底にたまっていたものが込み上げてくる。

「知っているさ」

余程、言い方が憎らしかったのかもしれない。赤也が吐き捨てると、まるで批難を浴びせるかのように、囂《かまびす》しいほどに蟬が鳴き声を強めた。あの日のように、季節は秋を迎えつつあるのだ。

立つ鳥の舞

くらまし屋稼業

地図製作／コンポーズ　山﨑かおる

主な登場人物

堤《つつみ》平九郎　表稼業は飴細工屋。裏稼業は「くらまし屋」。

七瀬　「波積屋《はづみや》」で働く女性。「くらまし屋」の一員。

赤也　「波積屋」の常連客。「くらまし屋」の一員。

茂吉　日本橋堀江町にある居酒屋「波積屋」の主人。

お春　元「くらまし屋」の依頼人。「波積屋」を手伝っている。

曽和一鉄　徳川吉宗によって創設された御庭番の頭。

篠崎瀬兵衛　宿場などで取り締まりを行う道中同心。

坊次郎　日本橋南守山町にある口入れ屋「四三屋《よみや》」の主人。

榊惣一郎《さかきそういちろう》・初谷男吏《はつがやだんり》・阿久多《あくた》　「虚《うつろ》」の一味。すご腕の刺客。

目次

くらまし屋七箇条

一、依頼は必ず面通しの上、嘘《うそ》は一切申さぬこと。
二、こちらが示す金を全て先に納めしこと。
三、勾引《かどわ》かしの類《たぐい》でなく、当人が消ゆることを願っていること。
四、決して他言せぬこと。
五、依頼の後、そちらから会おうとせぬこと。
六、我に害をなさぬこと。
七、捨てた一生を取り戻そうとせぬこと。

七箇条の約定《やくじょう》を守るならば、今の暮らしからくらまし候《そうろう》。
約定破られし時は、人の溢《あふ》れるこの浮世から、必ずやくらまし候。

第一章　濱村屋

一

堤平九郎《つつみへいくろう》はころころと飴《あめ》の屋台車を曳《ひ》きながら浅草《あさくさ》を流していた。すでに一刻（二時間）ほど歩いているが、声を掛けられたのは一度切りである。

この暑さならば砂糖を混ぜて白玉を落とした冷や水、よく冷えた西瓜《すいか》などが人気で、飴の売れ行きは頗《すこぶ》る悪い。もっとも縁日などに店を出せば、子どもが親にねだってよく売れもする。飴が食べたいというよりも、家族で縁日に行ったという思い出を持ち帰りたいのだろう。

暑くなると飴の作り方も少し変える。いつもよりやや熱する時を短くして、暑さでも溶けにくくするのだ。その分、やや濁りが多く残り、甘みもほんの僅かであるが弱くなる。

「暑いな」

平九郎は蒸れた菅笠《すげがさ》を上げ、手拭いで額の汗を拭った。己の生まれた肥後人吉《ひごひとよし》は南国である。そのため江戸のほうが幾分涼しいものと思っていた。実際にそうなのかもしれないが、江戸は建物が多いせいで風が抜けず、人吉よりもよっぽど暑く感じる。

今はただ流している訳ではない。かといって縁日があって向かう訳でもない。これから依頼主に会いに行くのだ。

目黒《めぐろ》不動からほど近い五百羅漢寺《ごひやくらかんじ》という寺には螺旋《らせん》状に通路が巡らされた三匝堂《さんそうどう》、別名「さざゐ堂」というものがある。

その露台に出て、擬宝珠《ぎぼし》が付いている欄干《らんかん》の親柱を目印に、上り口から四本目と五本目の間。その裏に手を回せば僅かな隙間がある。ここに書状を挟んでおくというのも、くらまし屋に繋《つな》ぐ数多くの手法の一つなのだ。

三日前、ここに書状があった。書状は依頼の決まりをきちんと踏襲しており、差出人の名、住まいが書かれていた。その住まいというのが浅草三間町《さんげんちょう》で、こうして出向いているという訳である。

——上手い手だ。

書状に目を通した時、見事な筆跡に平九郎は舌を巻いた。かなりの教養を身に付けていることが窺える。筆遣いが極めて繊細で、墨から色香が立ちのぼるようであることから、武家の子女ではないかと瞬時に思った。

だが、差出人の名を見て首を捻《ひね》った。名は男で、しかも姓は記されていない。それだけ見れば町人と思われた。何から何まで受けた印象と反対だったのである。

——五百羅漢寺は珍しいな。

ということも考えた。

そもそも依頼を受けねばならぬため、繋ぎ方は敢えてこちらから噂として流している。その数は十を超えているが、全てが同じほど使われる訳ではない。裏稼業を始めた四年前から今なお現役のものもあれば、広まり過ぎて潰した繋ぎの場もある。反対にここ数か月で新たに構築した手法もあるのだ。この五百羅漢寺は、年に一度使われるかどうかというほど。比較的、世間に知れ渡っているものではない。

前回ここに書状があったのは昨年の秋、鰔《かいらぎ》党の残党である銀蔵《ぎんぞう》が、己たちを利用して仇を始末しようとした時以来のことである。

「ここか」

平九郎は件の依頼主の住まいを前にして小声で呟《つぶや》いた。家の構えだけで確かな判断は出来ないが、どうも商人の家という風ではない。建物自体は大きいものの、古ぼけており手入れもあまり行き届いていないように見える。小商いの者ならばこのような大層な家ではなく長屋住まいが多いし、儲《もう》かっている者ならばそれなりに家を整えようとするだろう。文《ふみ》もそうだが住まいも何かちぐはぐな印象を受けた。

一度家の前を行き過ぎて、近くの掛け茶屋で茶と饅頭《まんじゅう》を注文した。暫《しばら》くすると福々しい顔の若い娘が運んで来た。

「ありがとう」

「水もいかがですか？」

暑いから喉を潤すには水のほうがよいのではないか、という気づかいだろう。平九郎は微笑《ほほえ》みながら首を横に振った。

「いや、十分だ。暑い時に熱い茶を啜《すす》る。それもまたおつなものさ」

「そうですか」

「若いからね。歳を食えば分かる」

首を傾げる娘に平九郎はそう言って饅頭を一口頬張った。

「確かに。近所のご隠居さんとかは、こんな暑い日でも、皆様熱い茶を召し上がりますね」

娘は思い出したように手を打つ。

「そうだろう。ところで近所で思い出したのだが、この辺りに来るのは久しぶりでね。

あそこの角は商家かい？」

恐らくは商家ではないことは解りつつ、敢えて惚《とぼ》けて尋ねた。

「いいえ。あそこは商家ではありませんよ」

「へえ。職人であれほどの家を建てるなんて、何か知らないが相当腕がいいってことだね」

「職人でもないんです」

「え……じゃあ、他に何があるっていうんだい？」

誇張して驚いたものの、本心から訝しんでいる。

「濱村屋《はまむら》さん」

平九郎は茶碗をぴたりと止めてしまった。が、気取られぬよう、すぐにゆっくりと茶を口元に運ぶ。

「私の知っている限り、濱村屋さんのお宅といえば他だった気がするけど……」

「三年ほど前かな。引っ越してこられたんです」

「知らなかった」

「これは噂ですけどね……」

娘はそう前置きして左右を確かめ、口に手を添えて囁《ささや》いた。

「持ち家を売らざるを得なかったとか」

「あれは借家という訳か」

「はい。濱村屋さんほどの身代《しんだい》でも苦しいのだから、うちが苦しいのは当たり前」

娘はそう言って戯《おど》けた顔を作ってみせた。

「うちも五文の飴もなかなか売れないよ」

「そう。飴屋さんだなと思って、お願いしようと思っていたの」

確かにこの茶屋に来た時から、娘が「あめ」と書いた幟《のぼり》をちらちらと見ているのに気が付いていた。飴に興味を持っていたらしい。

もう少し打ち解けたほうがよいだろう。平九郎は考え、一度話を逸らした。

「お、こんなところで商売になるとは。十二支の中から選んでくれるかい？」

「じゃあ、巳《へび》にしようかな」

「珍しい。あんまり人気ないんだが」

「だって巳はお金の運を運んでくれるっていうでしょう？　しっかり蓄えないと、おっ父《とう》ももう歳だしね」

この茶屋にいるのは主人とこの娘の二人でどうやら親子らしい。話が漏れ聞こえていたのだろう。奥で饅頭の生地を練っている主人が苦笑している。

平九郎は飴を適当な大きさに取って葦《あし》の管に刺すと、鋏《はさみ》で柔く摘《つま》んで一気に伸ばした。これは「巳」と「辰」だけにある工程である。

「で、さっきの話だが」

「濱村屋さん？」

「そう。苦しいというのはどういう訳で？」

平九郎は手を止めずに尋ねた。

「瀬川菊之丞《せがわきくのじょう》はご存じでしょう」

「勿論。とびっきりの有名人だからね」

「その菊之丞が亡くなったのは五年前。あとを継いだのが今の二代目吉次さんなんだけど、何とその時まだ九歳だったの」

「かなり詳しいね」

平九郎は感嘆してみせ、蛇のうねりを細工していく。

「江戸の娘はみんな芝居好きだからね。それに濱村屋さんがここに越してから、この茶屋でもその話をする人が多いから。すっかり詳しくなっちゃった」

「そうか。それで？」

「ええと、その二代目吉次さんなんだけど、菊之丞が亡くなった一年後に、中村座《なかむらざ》で養父一周忌追善を行ったのね。演目は菊之丞の得意だった『石橋《しやつきよう》』かな」

「そりゃあ沢山の客が来ただろう」

「うん。でも……あまり上手じゃなかったみたいで、評判もいまいち」

「亡くなった時に九歳だったから、その時に二代目は十歳か。そりゃあ仕方ないだろう。すぐに上達するんじゃないかい」

「うん。菊之丞を贔屓《ひいき》にしていた客も多く、二代目の成長を応援しようとする人も多かったみたい」

「なるほど」

巳の飴に目を入れる作業をしつつ相槌を打った。

「でも、そんな矢先にあれだからね。贔屓の客も呆れてしまって」

「あれってのは……？」

平九郎は眉間《みけん》に皺《しわ》を寄せた。娘は周囲を窺いつつ小声で言った。

「空米取引《くうまいとりひき》です」

今から二十余年前の享保《きようほう》十五年（一七三〇年）、摂津《せつつ》国西成《にしなり》郡の大坂堂島《おおさかどうじま》に米の取引所が開設された。これを堂島米会所などと謂《い》う。

大坂には国中より年貢米が集まり、堂島米会所では米の所有権を示す「米切手」が売り買いされている。

正米取引と帳合米取引の二種があり、前者は現物取引、後者は先物取引のことで、これを空米取引などとも呼ぶ。

買い付け金額の一部に当たる、「敷銀《しきぎん》」という証拠金を積むだけで、差額決済による先物取引が出来る。

以前は禁止されていたものの、堂島米会所が出来たことで、この場所に限って公に認められるようになった。

しかしながら人の欲はとどまることはない。多くの人が集まれば、その欲を取りまとめて商売にする者も必ず現れる。幕府が取り締まっているにもかかわらず、大坂以外の大きな町でも、空米取引は行われている。当然、日ノ本第一の町である江戸も多分に漏れない。

濱村屋はその空米取引によって大きな損害を出し、家屋敷まで失うこととなったというのだ。これから濱村屋を守《も》り立てていこうという矢先である。贔屓の客の中にも呆れて寄り付かなくなった者も多いという。加えて何より蓄えがなくなったことで、装置、装飾に掛ける金もなく貧相な舞台になり、優れた役者も流出している。今の濱村屋はいわゆる、

——じり貧。

という状態であるらしい。

「しかし、吉次は当時十歳だったのだろう？　空米取引なんてえらくませた話だな」

「いいえ、それは将之介《しょうのすけ》さんがね」

将之介と謂うのは役者の一人で、今の濱村屋を実質的に取り仕切っている男だという。商家に置き換えれば番頭といったところか。

元々、将之介は大坂で蠟《ろう》や漆などを大きく商う問屋の次男だった。そこの主人、つまり将之介の父が濱村屋に随分と入れ上げ、将之介もまんざらでもないということで、役者の道を志《こころざ》すようになった。瀬川菊之丞は京大坂で長く役者をしていたから、そのあたりの縁らしい。

将之介の父は惜しみなく濱村屋を支援した。それは濱村屋の名を広げたい菊之丞としても、ありがたかったことであろう。将之介は菊之丞から大切に扱われ、役者としても一端となった。

菊之丞の死後、吉次がまだ幼いということもあり、将之介が濱村屋を一手に取り仕切るようになった。菊之丞を失い、人気に翳《かげ》りが出始めた濱村屋を立て直そうと、将之介はここで空米取引に手を出した。問屋出身の将之介は、

――大船に乗った気でいな。親父から裏の筋の話も入る。

と、得意顔で濱村屋の者たちに語っていたという話である。

だが結果、将之介は大損を出してしまった。生家から仕入れたというその話が、全くの嘘であったのだ。

自らの失態で濱村屋を傾けてしまった将之介は焦り、また偽の相場話を摑《つか》ませたのだからと、生家の父に援助を迫った。だが、実現することはなかった。生家の問屋もまた、同じ相場話に乗り破産してしまっていたのである。

あくまで噂であるが、将之介の生家の問屋を狙っていた者がいるらしい。そこで嘘の相場話を持ち込み破産させ、乗っ取ろうとしていたようである。商いに勘の働く問屋を騙《だま》すのだ。あまりに巧妙だったことは想像に難くない。将之介の父は必ず儲かると思ったからこそ、将之介にも明かしたのだ。ともかく濱村屋は多額の借金を作り、持ち家を売却してこの地に移って来たということである。

「はい。出来たよ」

そこまで聞いた時に飴を作り終え、平九郎は娘に差し出した。

「ありがとう。可愛らしい」

「そう言って貰えて嬉しいよ」

「五文ね」

娘が奥に取りに戻ろうとするのを、平九郎は止めた。

「その前にここのお代を払っておく。幾らだい？」

「八文ですので、飴と交換で結構です」

「それじゃあ三文損してしまう。せっかくの巳が台無しだ」

平九郎はそう言って、財布から三文取り出して手渡した。くすりと笑って素直に受けとる娘に対し、平九郎はふと思い出したように尋ねた。

「で、今の濱村屋は誰が取り仕切っているんだい？」

菊之丞の死から五年経ったとはいえ、吉次はまだ十四歳。濱村屋を切り盛りしていくには、まだ些《いささ》か若すぎる。将之介の後を引き継ぎ、別の誰かが立て直しを図っているのだろうと考えた。

「その将之介さんが」

「えっ……でも、将之介は濱村屋に大損を……」

濱村屋に詳しい近くに住む隠居の話。そう前置きをして娘は教えてくれた。

将之介は確かに濱村屋に大損害を与えた。だがやはり吉次はまだ若く切り盛りしていく力はない。さらにそれ以上に芸を磨くことに集中せねばならない。

将之介としても、当初は濱村屋が傾けば実家に戻ることも考えていたかもしれないが、それも問屋が潰れてしまった今では叶わない。さらに将之介は奉公人として務めていた一人と夫婦になっており、そこらも濱村屋と運命を共にせねばならぬ事情の一つだという。

濱村屋の再建を誰に託すか。一座の者で話し合われたが、見渡したところで役者一筋の者ばかり。結局、濱村屋を傾けた張本ではあるものの、商いにも通じている将之介の代わりはいないということに収まった。

そして将之介は家屋敷を売り払った後、奉公人の整理も行い、何とか濱村屋が破産するのを踏み止まらせた。そして今は本業のみに力を入れ、往年の輝きは失ったものの、細々とやっているという。

「それで今もね。たまにお見掛けしますが、随分と疲れた様子です」

近所ということもあり、娘は将之介を見かけることもあるという。役者としての人気もそれなりにあっただけに、眉が凛々《りり》しく、顔立ちも整っている。だがいつ見ても顔色が悪く、時にはげっそりと頬がこけていることもあるらしい。

娘が濱村屋の事情に精通していて助かった。状況に鑑みて、依頼人は濱村屋の誰か。差出人の名は、

――徳次《とくじ》。

と書かれていた。娘の話に登場しなかった名である。役者、奉公人の誰かかもしれないが、偽名ということも考えられる。勘であるが、後者の線が濃いのではないか。

今の濱村屋の窮状を聞くかぎり、己に依頼出来るほど金を持っている者はそういまい。いざとなれば大金を使うことができ、かつ今の暮らしに苦しんでいる。依頼人は恐らくはその、

――将之介ではないか。

と、平九郎は目星を付けた。もっともそう断言するには不安が残る。間違って依頼人以外を訪ねるなど、もっともやってはならぬことであるため、もう少し探る必要があるだろう。

「とにかく、欲をかき過ぎちゃいけないってことだね」

平九郎はそう言って腰を上げた。

「ほんと。今の暮らしに満足しなくちゃね」

娘はそう言って、平九郎が渡した飴の巳をちょんと突《つつ》いて笑った。

そのような会話をしていると、ふらりと客が一人やってきた。若いというより少年のような町人である。精悍《せいかん》な顔付きをしており、商人というよりは大工や職人の駆け

出しのような印象である。

「おう」

「あ、久しぶり」

娘とは仲が良いといった感じである。

「いらっしゃい」

奥から娘の父も声を掛け、町人は元気にしていましたか、などと気遣いを見せた。

平九郎が炉の中の火を確かめて支度をする中、町人と娘は会話を続けた。

「また、皆に饅頭《まんじゅう》を差し入れてくれたらしいな。いつもありがとうよ」

「作りすぎちゃっただけだから、水臭いこと言わないで」

「安治《やすじ》は店が忙しくてな。礼を言っておいてくれって」

「この前、安治さんも来てくれたよ。またあんたも一人で来るって」

「あの野郎……」

町人は鬢《びん》を軽く掻いて苦笑した。

「忙しいのはあんたもでしょう？　火消に休みはねえ、って言っていたじゃない。それにいつ死ぬか解らねえ仕事だって」

「まあな」

「今日はそれだけ？　饅頭でも食べ――」

「この前の返事。どうだ？」

遮《さえぎ》って尋ねた町人は、真剣な面持ちになっている。朧気《おぼろげ》に話が見えて来た。この町人、近くに己がいることなどお構いなしのあたり、人目を気にしない性質《たち》なのか、余程真剣なのか。

「何言ってるの？　まだ仕事を覚えるのが先でしょ。それに私はこの仕事が好きなの」

「知っているよ。続けてくれりゃあいい」

「うーん。あんたがちゃんと一人前になったら考えてあげる。私は、あんたが日本橋で暴れまわっている頃も知っているんだから」

娘は軽口交じりに答えた。

「頭《かしら》になったら一人前って認めてくれるか？」

「まあ……そりゃあ」

「よし。解った。任せとけ」

町人は悪童《あくどう》のような弾ける笑みを見せた。奥からまた主人が声を掛ける。

「まだずいぶん先だけどねえ。儂《わし》は、秋仁《しゅうじん》を応援するよ」

「ありがとう」

「もう少し近くを流すよ」

背延びをした少年と娘のなかなか微笑《ほほえ》ましいやり取りに、これ以上は邪魔になると、平九郎は一声かけて茶屋を後にした。濱村屋から出て来る者がいれば、当たりを付けるつもりでいる。

ここに来るまでは、赤也に変装させて探らせるのも一つの手だと考えていた。だが最早その方法はすでに消えている。

――まさか濱村屋とはな。

「あれもこんな暑い時分だったか」

眩《まばゆ》いほどの蒼天に立ち上る大きな入道雲を見ながら、平九郎は昔のことを思い浮かべて独り言《ご》ちた。

二

今から四年前、寛延《かんえん》三年（一七五〇年）水無月《みなづき》（六月）のことである。飴細工の練習を終えた後、平九郎は波積《はづみ》屋へと向かった。襦袢《じゅばん》にじっとりと汗が滲《にじ》んでいる。

「いらっしゃい。あっ、平さん」

板場から茂吉《もきち》が顔を覗《のぞ》かせる。

「随分と繁盛してきたじゃあないか」

平九郎は店の中を見回しながら言った。すでに大半の席が埋まっており、客が賑《にぎ》やかに声を弾ませている。

「おかげ様でね。最近、近くの煮売り酒屋が潰れたとかで、客が流れてきてね。運が良かったんだろうね」

「いいや、茂吉さんの腕はいいからな」

波積屋が開いたのは今年の春。まだ僅か三月《みつき》ほどしか経っていない。それでこの繁盛は大したものである。

「何もかも平さんの……」

言いかける茂吉に対し、平九郎は小さく首を横に振った。

己が裏稼業を行うようになって、初めての依頼人が茂吉であった。元々は江戸から晦《くら》ませるつもりであったが、もう追う者がいなくなったため、茂吉は念願の店をここで開くことが出来たという訳だ。

——きっと私以外にも、平さんを必要としている人がいるはず。幾らでも力を貸すよ。

茂吉はずっとそう言ってくれている。そして己の裏稼業に、

——くらまし屋なんてどうだい？

と、気の利《き》いた名を付けてくれたのも、茂吉であった。

「今、席を作るよ」

「いや、自分でやるさ」

小上がりは衝立《ついたて》で仕切られている。それを動かして狭い席を作ると、平九郎は板場に近いところに座った。

「ありがたいことだが忙しくてね」

茂吉は手を動かしながらも、店内を隈なく見渡していた。

「人を入れたほうがいいだろうな」

「でも、なかなかいい人がいなくてね」

「探しておくよ。飛び切りの美人がいいんじゃあないか？　看板娘になる」

平九郎が笑うと、茂吉は戯《おど》けた顔を作った。

「それでさらに忙しくなったら変わらないよ」

「違いない。まあ、俺はゆっくりやるから、他の客を……な」

「助かるよ」

茂吉は酒と瓜の浅漬けを先に持ってきてくれた。平九郎は時を掛けてゆっくりとやる。

「明日も飴かい？」

仕事の合間に茂吉が尋ねて来た。

「いいや、明日は一人で回るとさ」

平九郎は十日に三度は飴細工の練習を行っている。これもひょんなことで飴細工師と知り合ったのだ。平九郎が江戸に出てきて間もないと知った師匠は、

——お前さん手先が器用そうだ。やってみるか？

と、訊いて来た。

裏稼業をするにも、表の顔があったほうが良い。そう考えていたこともあり、平九郎は試しにやってみることにした。

己は一度見た動きは何でも模倣出来るという特技がある。故にあっという間に真似て見せた。だが師匠の作る飴と何かが違う。かなり精巧に作れているとは思うのだが、己の飴は何と言うか冷たい印象を受けるのだ。

平九郎の器用さに驚いたものの、師匠も同じことを感じたようで、何が駄目なのかは教えてくれず、

――まあ、暫くは俺に付いて来るがいいさ。

と、曖昧に言った。こうして平九郎は飴細工を学んでいるのだ。師匠も己に教えているだけでは食っていけない。飴細工の屋台車を曳いて江戸を回っており、明日もその日なのだ。

それから一刻ほどして徐々に客が減っていき、やがて平九郎一人となったところで茂吉は暖簾を下ろした。

「すまなかったね。もう少し何か……」

「いいや十分だ」

茂吉は他の客の注文が入ると、その中から見繕《みつくろ》って同じものを出してくれた。少しずつ摘んでいる間に腹は満足している。

「で、何かあったんだろう」

店が閉まるまで残っていることは珍しい。すっかり茂吉はお見通しのようだ。

「大きな勤めが入った」

「ほう」

茂吉を晦ませたときは大事《おおごと》であったが、それからというもの、ちまちまとした勤めばかりが続いていた。だが今回の依頼は少しばかり様子が違う。

「危ないのか?」

茂吉は手酌で茶碗に酒を注ぐと、ぐいと一気に飲み干して訊いた。

「いや、危ない輩が守っているという類ではない」

「じゃあ……」

「それなりに名の知れた男なんだ」

此度《こたび》の依頼人は知る人ぞ知る者である。消えたことそのものが人々の話題に上り、読売《よみうり》に書かれることも考えられる。場合によっては、いや必ず奉行所も動くと平九郎は見ている。

「しかし幾ら有名な男とはいえ、自らの意思で消えたとすりゃ、奉行所が動くかな?」

茂吉は怪訝《けげん》そうな顔付きになった。置手紙を残して失踪すればよいではないか。他の文でもあれば筆跡を照らし合わせることも出来る。事件性はないとみれば、奉行所も暇ではないから動かないのではないかという。

茂吉の言うことは一理ある。だがこの依頼には条件がある。それを満たそうと思えば必ず奉行所が動く。平九郎がその条件を告げると、茂吉は苦々しく零した。

「死んだことにねえ……」

依頼人の出した条件。それは衆の前で己が死んだように見せたいというものであった。

「なかなか厄介な話だ」

平九郎はちびりと杯を舐《な》めて言った。

「何か案があるのかい？」

「辻斬りに見せるってところか」

「しかしそんなに上手く演技出来るものかねえ」

茂吉は平九郎の剣の腕をよく知っているため、斬ったように見せかけることは心配していない。依頼人が斬られた振りを出来るかどうかを懸念しているのだ。

「それは問題ないだろう」

「何故だい？」

茂吉は話が読めぬようで首を捻った。

「依頼人は役者。それも飛びっきりの腕のな」

平九郎は杯に酒を満たすと、一気に飲み干した。

三

平九郎は昔のことを思い出しつつ、近くを流している振りをしながら、濱村屋から人の出入りがあるのを待った。

陽射しだけでさえ厳しいのに、炉の炭の火が腹の辺りを温めて一層熱い。早く誰か出て来てくれと内心では祈るような思いであった。

四半刻（三〇分）ほどすると、ようやく一人の女が出て来た。夕餉《ゆうげ》に豆腐でも買いに行くつもりだろうか。大振りの盥《たらい》を手にしている。

「もし」

平九郎が声を掛けると、女が振り返った。年の頃は二十三、四といったところか。丸顔に大きな目をしている。鼻はそれほど高くないのだが、たっぷりとした唇が色香を放っている。輪郭こそ違えども、何処か七瀬に似た印象を受けた。

「はい」

女は飴細工を押し売りされるとでも思ったのか、少し警戒しているように見える。

「いや、商いじゃあないんです」

「はあ……」

怪訝そうに女は首を捻った。

「一郎太《いちろうた》さんという人がね。こちらの徳次さんに飴細工を届けて欲しいと仰《おつしや》って」

茶屋を出た後、子から亥までの十二本の飴を拵《こしら》えている。それを徳次に届けるという名目で話を聞き出そうと思ったのだ。

「一郎太さん……存じ上げませんね」

架空の人物である。女が知らないのも当然だった。女は小さく頷いて続けた。

「王子《おうじ》の方かしら。古くからの知り合いってことは確かだと思うけど……」

「すみません。よく存じ上げず……で、その王子というのは武州《ぶしゅう》の？」

「はい。旦那の出身ですので」

「旦那？」

「二代目吉次はご存じ？」

こちらが事情を解っていないことを汲《く》んだようで、女は話を振って来てくれた。

「そりゃあもう。濱村屋さんの現在の御当主で」

「つまり濱村屋で奉公する私からすれば旦那ということに」

「なるほど」

平九郎は大袈裟《おおげさ》に手を打ってみせた。吉次はまだ十四歳だが、確かに当主ともなれば役者、奉公人からは「旦那」と呼ばれるだろうと得心した。

「旦那は武州王子の出身で、その頃の御名が徳次。それでそう申し上げたのです」

驚きのあまり声を出しそうになるのをぐっと堪え、平九郎は平静を保ちつつ言った。

「そうなのですね。とんと知らずに失礼を致しました。これをお渡ししてもよろしいですか？」

十二支の飴細工の束を差し出すと、女はえくぼを浮かべて受け取った。

「分かりました」

「ご無礼を申し訳ありませんでした」

平九郎は腰の手拭いで額の汗を拭きつつ苦笑した。

「徳次の名はほとんど誰も知らないので、勘違いも仕方ないことかと」

「あっ、申し訳ございません。受け取って下さったあなたのお名を頂戴《ちょうだい》したいのですが……」

一度、屋台車を片付けるふりをしながら、平九郎は思い出したように振り返った。

「夕希《ゆうき》です。濱村屋で奉公をしています」

「承《うけたまわ》りました。それにしても天下の濱村屋さんともなれば、大所帯で大変でしょうな」

飯の支度一つとってもという意味だった。抱えるほどの盥である。多くの豆腐を買うのだろう。さらに束の飴細工を持たせるのは、内心申し訳ないと思った。

「先代の頃に比べれば人も減りましたから」

「あっしなんぞに、そんなことを言ってもよろしいので？」

「どうせ皆さん知っています」

夕希は少し哀しそうな笑みを浮かべた。少々迷ったが、平九郎はさらに踏み込んでみた。

「いつの世でも比べる人がいるものです。いつか先代の頃を超えるでしょう」

「主人もそのつもりで意気込んでいますが……」

「ご主人？」

先ほど吉次のことは「旦那」と呼んでいた。「主人」とは別の者を指しているのだろう。

「今、濱村屋の切り盛りを任されている将之介をご存じ？」

「はい。名は存じ上げております」

「私はその将之介の家内です」

「なるほど。ご夫婦で旦那さんを支えていらっしゃるんですね」

「はい」

かなり話を引き出せた。ここらが潮だと平九郎は切り上げようとした。

「あっしも金を貯めて、いつか必ず拝見させて頂きます」

「それまであるかどうか……」

「え？」

夕希が蚊の鳴くような小声で零したので、平九郎は眉間に皺を寄せた。

「いえ、何も」

はっと我に返ったように夕希は首を横に振った。

「はあ……」

「もう行かなくては。届けて下さり、ありがとうございました」

夕希は話を打ち切りたかったようで、飴細工を一度家に持って戻ることもせず、そのまま辻を折れていってしまった。

ともかくこれで依頼人は濱村屋の若き当主吉次であることが知れた。今宵、忍び込んで話を聞こうと思った。それにしても十四歳の少年が消えたいというのは腑《ふ》に落ちない。

第二章　芝居合戦

一

庭で蛙《かえる》が鳴いている。その声に合わせるようにして、襖《ふすま》をゆっくりと閉めた。十二畳一間。少年が寝息を立てている。

夜になっても暑さがひかないにも拘《かか》わらず、律儀に薄手の掻い巻きに身を包んでいる。

――躰《からだ》を冷やすと声の調子が悪くなる。

いつか赤也《あかや》が、夏でも掻い巻きを使うと言っていたのを思い出した。あれは役者時代からの習慣だったのかとここで気付いた。

「吉次《きつじ》」

平九郎《へいくろう》は畳に這《は》わすように囁《ささや》いた。声を上げられてはかなわぬと、普段ならば問答無用で口を塞ぐところであるが、流石《さすが》にこのあどけない顔を見た後ではその気になれなかった。とはいえ声を上げそうになれば、すぐに手で押さえる気構えは崩していない。

「くらまし屋……さん？」

薄っすらと目を開いて吉次は小声で言った。若いにも拘わらず、こちらの心配をよそに酷く落ち着いている。

「ああ、大きな声は駄目だ」

やはり己でも気づかぬうちに、話し方が優しくなってしまう。

「はい。起きてもいいですか？」

「構わない」

「本当に来てくれたんですね……」

吉次が口元を緩めるのが薄闇の中でも解った。

「やはりお主が依頼を出したか」

「はい」

「他にこのことは」

「私しか知りません。目黒《めぐろ》不動にはうちの役者も付いてきましたが、さざゐ堂には一人で」

吉次の言葉から嘘は感じられなかった。ここに来るまで、まだ誰かが吉次、いや徳《とく》次《じ》の名を騙《かた》って呼び出したという線も僅かながら残していたが、それも消えたことになる。

「何故、徳次の名で依頼をした」

「え……本当の名じゃないと来てくれないと聞いたので」

「なるほど。それでか」

吉次という名に改名しているものの、それはいわば芸名である。生まれた時の名を使わねばならぬと取ったらしい。

「話を聞こう」

平九郎が言うと、吉次は口をきゅっと結んだ後に話し出した。

「その前に……どんな人でも、何時でも、如何なる場所からでも、晦《くら》ませてくれるとは真《まこと》ですか？」

「条件はあるがな」

くらまし屋には七箇条の掟《おきて》がある。それに反しない限りは吉次の言った通りで間違いない。

「金も掛かるぞ」

平九郎は続けて言った。若いから用意出来るのかという意味ではない。濱村屋《はまむら》は昔に比べて困窮していると聞いたからである。

「幾らですか」

「話の次第にもよるが少なくとも三十両。五十両という場合もある」

「義父《ちち》が遺してくれて、まだ手付かずのお金があります」

「そうか。それで、晦ます先や、時は定まっているということか」

話の流れから察し、平九郎は訊《き》いた。

「来月の葉月《はづき》（八月）十二日。湯島《ゆしま》天神に」

「湯島天神といえば……」

「はい。その日、宮地芝居が行われます」

芝居には大別して「大芝居」と「小芝居」がある。大芝居というのは、幕府の許しを得た劇場で行われるものを指し、江戸では中村《なかむら》、市村《いちむら》、森田《もりた》の三座がそれに当たる。大

一方の小芝居はそれ以外の総称で、寺社境内《けいだい》や、広小路、寄席で行われていた。大芝居に比べて入場料が安いこと、利便の良い場所で行われることから、大芝居よりも遥かに人が集まることも多い。

その小芝居の中でも、後に幕府の許しが出て舞台が常設された地がある。それが芝《しば》

神明、市ケ谷八幡《いちがやはちまん》、そして今吉次が口にした湯島天神であり、そこで行われる芝居を「宮地芝居」と謂《い》うのだ。

大芝居と異なり、櫓《やぐら》や舞台の破風《はふ》造りなどは認められていないものの、引道具、廻り仕掛け、花道に引き幕などは大芝居と変わらない。中にはせり出し、せり降ろしまで備えた舞台もあるという。それで安く芝居が見られるのだから、庶民に人気というのも頷ける。

「お主を芝居の日、湯島天神から晦ませるということか。行けぬ訳があるのか」

「いえ、私は行きます。別の人を晦ませて欲しいのです」

「待て。掟を伝えていなかったな」

平九郎はそう言うと七箇条の掟を伝えた後、特にそのうちの一つ、

——三、勾引《かどわ》かしの類でなく、当人が消ゆることを願っていること。

の項目を念入りに話した。

「当人が望まねばならぬ。誰だか知らぬが許しを得ているのか」

「それは……」

吉次は俯《うつむ》いてか細く零した。様子から見てその人の許しを得ていないことは明白であった。

「悪いが許しがなくては出来ない」

「許しを得て来て下さることは出来ませんか」

「端的に申せば出来る。だが、当人が望まぬと言ったとしても半金は頂くことになる」

「結構です」

即答した吉次の声は低くとも力強いものだった。

「そこまで申すならばよかろう。その者は誰だ」

「瀬川菊之丞《せがわきくのじよう》です」

「何……」

思いもよらぬ名が飛び出し、平九郎は絶句してしまった。

「葉月十二日、巳《み》の刻（午前十時）。湯島天神内宮地芝居の舞台に、瀬川菊之丞を連れてきて欲しいのです。あの世から晦ましてください」

「嬲《なぶ》っている……という訳ではないようだな」

「まさか」

「瀬川菊之丞はお主の義父であろう。確かすでに死んだはずだ」

「やはり嘘なんですね」

何故か吉次は落胆して肩を落とした。

「どういうことだ」

「くらまし屋は閻魔《えんま》様の遣いだと聞きました。半信半疑でしたが、藁《わら》にも縋《すが》る思いで……」

「そういうことか」

平九郎は小さく下唇を嚙んだ。確かにそのような噂が世間でまことしやかに流れている。いや、その噂のもとは己なのだ。真とも、嘘ともつかぬ怪談のような話に仕立てることで、幕府に眉唾《まゆつば》だと思わせようとする策の一つであったのだ。吉次も完全に真に受けた訳ではないだろうが、それに縋らねばならぬほどの事情があるらしい。

「訳を話せ」

吉次があまりにも思いつめた顔をしていたからである。さらに噂を流したのが己である以上、些《いささ》かうしろめたさを感じたのだ。

「実は……その日、芝居合戦が行われます」

「芝居合戦？」

聞きなれぬ言葉に、平九郎は目を細めた。

「話は随分前に遡《さかのぼ》ります」

吉次はそう前置きして話し始めた。こうして改めて聞くと美しい声色である。さらに大きさは絞っているのに、言葉の一つ一つがしっかりしていてよく耳に馴染《なじ》む。若くとも流石役者と思わされると共に、

——似ているな。

とここでも頭の片隅に赤也の顔が過《よぎ》りつつ、静かに吉次の話に耳を傾けた。

元禄《げんろく》六年（一六九三年）、瀬川菊之丞は摂津《せっつ》の貧しい百姓の三男に生まれた。

「元の名は忘れた」

と生前に当人が語っており、誰も知る人はいない。幼い頃には相当苦労もしたらしく、思い出したくないことも多かったようだ。故にそのように言っていたのかもしれない。

ただでさえ暮らしが苦しい百姓の家で、しかも三男ともなれば、口減らしのために奉公に出されるのは珍しくもない。四男で弟の菊次郎《きくじろう》と共に、京の商家に奉公することになった。

だがほどなくしてその商家は破産してしまった。実家に戻っても父母を困らせるだ

け。

兄弟で途方に暮れていたところ、奉公先の商家と付き合いのあった、大坂道頓堀《おおさかどうとんぼり》の貝塚屋《かいづかや》仁《に》三郎《さぶろう》という者から、

「うちに来ないか」

と、誘われた。

仁三郎は男色趣味で、前々から好みの菊之丞に目を付けていたのだ。行く当てのなかった菊之丞は、弟を守るために心を決めた。

こうして色子になった時、吉次と名を改めたのである。仁三郎のもとで一年ほど暮らした時のことである。今度は仁三郎と付き合いのある男が、

「是非、俺に預けて欲しい」

と申し出た。何度か会った時にその所作を見て、これはと思うところがあったという。仁三郎は飽き性な男で、早くも吉次に対して興味を失いつつあったため、これを了承した。

その吉次を引き受けたいと言った男こそ、若女方《わかおんながた》として京坂で活躍していた歌舞伎役者瀬川竹之丞《たけのじょう》であった。

「弟も共にならば」

一つだけ出した条件も容れられ、兄弟で瀬川竹之丞門下に入ることとなった。以降、瀬川吉次と名乗るようになった。

さらに宝永《ほうえい》六年（一七〇九年）の正月。十六歳になった暁《あかつき》に改名を行った。その名こそが後に世に知られる、

――瀬川菊之丞。

なのである。

その年、菊之丞は大坂で若女形《わかおやま》として初の舞台を踏むこととなった。あまり人気は出なかったという。菊之丞の容姿は中の上といったところ、声も些か嗄《か》れたように低かったからだと言われている。それでも師匠の竹之丞は、

「私の目に狂いはないよ」

と、励まし続けてくれたという。

だがそれが却って心苦しくなり、二十五歳の時に役者の廃業を決め、逃げるようにして大坂から去った。幾らか纏《まと》まった金も持っていたことで、京の夷川《えびすがわ》通りで商家を営み、新たな人生を踏み出そうと模索したらしい。

しかし菊之丞は再び舞台に戻った。生い立ちに比べ、その理由は案外単純なものである。修業に明け暮れているうちに役者というものが好きになり、それで大成すると

いう夢がどうしても諦められなかったらしい。

享保《きょうほう》五年（一七二〇年）、齢二十八で再び舞台に立った菊之丞は瞬く間に人気を博した。かつての地味さが嘘のような、艶やかな役者ぶりに見る者は感嘆したという。役者というものは技も勿論大切であるが、その人間の生き方が大きく影響を与える。これまでの苦悩が、葛藤が、それでも前に進もうとする想いが、菊之丞を変貌させたのかもしれない。

ともかく菊之丞の人気は留まることなく、その名は一気に江戸にまで轟《とどろ》くことになった。

そして、享保十五年（一七三〇年）に江戸へ下った時には、「三都随一の女方」と讃えられるほどになっていた。

菊之丞は演じるだけでなく、編むことにも頗《すこぶ》る長《た》けていた。能を深く取材し、傑作の舞踊を生み出した。特に「道成寺《どうじょうじ》」や「石橋《しゃっきょう》」の所作事を得意とし、観客を魅了したという。

中でも特に衆を感動の渦に巻き込んだ演目が、延享《えんきょう》元年（一七四四年）の春に初演した、

――百千鳥《ももちどり》娘道成寺。

というものである。

あまりの出来の良さに皆が時を忘れて見惚れ涙した。またその噂が凄まじい速さで全国を駆け巡り、裕福な者の中には、遠く九州や陸奥《むつ》からも一目見たいと江戸に駆け付けたこともあったらしい。

菊之丞は江戸に出る少し前からあることを徹底していた。舞台の上だけでなく、日頃も女装を貫いていたのだ。恰好だけでなく所作も女そのもので、いつしか菊之丞が男だということを本当に忘れてしまうほどであった。

そのような女形の巨人として名を馳《は》せた菊之丞は、寛延《かんえん》二年（一七四九年）九月二日に世を去った。死後も化粧を落とさず、女として葬られることを望んだというから徹底していた。

「その後、私が後を継いだという訳です」

吉次はそう結んだ。濱村屋の過去を簡潔に、要点を掻い摘《つま》んで話しており頭は悪くない。いや、むしろ賢《さか》しい。半面、相当に追い込まれている状況とはいえ、くらまし屋が閻魔とも往来があるという眉唾話を信じようと思うあたり、あどけなさも残っている。濱村屋を背負わねばならぬという責任が、無理やり吉次を大人にしている印象を受けた。

「で、その芝居合戦とは？」

平九郎は冒頭に話を戻した。

「天王寺屋《てんのうじ》さんをご存じですか？」

「中村富十郎《とみじゅうろう》の屋号か」

著名な役者で平九郎も当然知っている。

「少し天王寺屋さんについてもお話し致します」

吉次はそう言うとまた順を追って話し始めた。

中村富十郎は初代芳澤《よしざわ》あやめの三男として大坂に生まれる。幼少のころ、立役《たちやく》の中村新五郎《しんごろう》の養子となり修業に明け暮れた。

享保十四年（一七二九年）春に兄弟ともに江戸に下り、享保十六年（一七三一年）正月に市村座で初舞台を踏む。その時は今の吉次よりも一つ年下の齢十三。にも拘《かか》わらず富十郎の演技は、それは見事なものであったらしい。

享保十八年（一七三三年）に若衆形から女形となり、元文《げんぶん》二年（一七三七年）に大坂道頓堀の岩井半四郎《いわいはんしろう》座に出演。この時に『曾根崎心中』の天満《てんま》屋お初《はつ》を演じて絶賛された。評判が評判を呼び、以後は何処で何を演じても大当たりで、京、大坂、江戸の三都を忙しなく往来して活躍するようになった。

菊之丞と同時期に活躍したが、富十郎は二十六歳若い。親子ほどの歳の隔たりがあり、富十郎のほうが世代としては一つ下ということになる。

それを裏付けるように寛延二年、菊之丞が亡くなったと同年に、三十一歳の若さで役者としての最高位である「極上上大吉」となった。世代が交代したという訳である。

その両者は相手をいかに思っていたのか。

特段、交流がある訳でもなく、会えば会話を交わす程度。だが互いに認め合っていたという。

菊之丞の生前から、富十郎は日ノ本一の女形と呼ばれることもあったが、菊之丞を指して、

——あの方だけにはまだまだ勝てない。

と、その度に否定していたという。

また菊之丞も富十郎のことは気に掛けていたようで、

——いつか天下を争う役者になるね。

などと、その才を認める発言をしていたらしい。

ともかく富十郎は、菊之丞の死後も舞台で喝采を浴び続けた。中でも宝暦《ほうれき》二年（一七五二年）八月、京の嵐三右衛門《あらしさんえもん》座で踊った「娘道成寺」は空前の大当たりとなり、

翌年には江戸中村座でも「京鹿子《きょうがのこ》娘道成寺」として踊り、以後これを当たり芸として度々務めるようになった。

「娘道成寺とは……」

平九郎は芸の道に詳しい訳ではない。ただつい先刻、耳にしたばかりだったので引っ掛かったのだ。

「はい。父の菊之丞が生み出したものをもとにしています」

「盗んだという訳か」

「いえ……、何と言うか、そういう訳では」

吉次は白い首を横に振った。この依頼の全貌はまだ見えない。ここまで聞いて富十郎への恨みに関することかと思ったが、どうもそう単純な話ではないらしい。

月明かりに茫と照らされた障子の辺りに視線を外しながら、吉次は続けた。

「盗むことは芸の道ではよくあることです。むしろそうでなければ、芸というものは磨かれていきません。天王寺屋さんもそれは解っていながら、私どものところにわざわざ許しを得に来てくださいました」

菊之丞が編み出したといっても、題材となった伝承や能の演目としては別にあった訳である。それを一々咎《とが》めては芸事の発展は望めない。それでも富十郎は義理を通し、菊之丞亡き濱村屋に伺いを立てに来てくれた。故に恨む気持ちなどは毛頭ないという。

「話が見えないな」

平九郎は首を捻った。

「私も娘道成寺を演じるようになったのです」

吉次も修業を重ね、昨年から菊之丞の残した演目「百千鳥娘道成寺」を演じるようになった。

「私はまだ早いと言ったのですが、そうも言っていられない事情もありまして……」

「将之介か」

平九郎が言うと、吉次は少し驚いた顔になり頷いた。

今の濱村屋の台所は火の車で何とか立て直しを図らねばならない。濱村屋の中で抜群の人気演目である娘道成寺。将之介はこれを演じるしか再興の道はないと思い、渋る吉次を説得して公演に漕ぎつけた。

確かにまだ菊之丞が演じるものには程遠い。だが吉次の心配をよそに、客の反応も上々だという。

「しかしここで、天王寺屋さんから横やりが入ったのです」

「先ほどの話からして友好的なようだが……」

「はい。厳密に言うと、天王寺屋さんの谷町《たにまち》からです」

谷町とは支援者のこと。天王寺屋は多数の富商の支援を受け、各地での公演を行っている。中には共に三大豪商に数えられる越後屋《えちご》、白木屋《しろき》も含まれているらしい。天王寺屋の公演によって、支援者たちもまた利益を得るという構造になっているのだ。

そして今や天王寺屋の人気演目といえば、やはりこれまた娘道成寺。

――天王寺屋の娘道成寺こそ本物で、濱村屋のものは贋物《にせもの》。

などと、天王寺屋を支援する富商たちが口を揃えて噂を流し始めたのだ。濱村屋の娘道成寺がかつてのように評判を呼べば、天王寺屋の人気にも陰りが出て、己たちの利益も下がるのではないかと危惧《きぐ》しているものと見える。

――今の娘道成寺は濱村屋が元。そもそも芸は誰のものでもない。

当の富十郎は谷町たちにそのように説いたという。だが何を甘いこと言っているのかと逆に猛反発を食らった。さらに富十郎は芸事一本でやってきた男で、銭の出納を含めた切り盛り一切は、早くから他の者たちに任せている。この者たちは谷町の言うことはもっともと同調し、富十郎としては口を噤《つぐ》まざるを得なくなってしまった。

これに対して濱村屋、さらに詳しく言えば将之介も黙ってはいない。娘道成寺の成り立ちからして、こちらこそが本家本元と喧伝して噂を打ち消そうとした。だがこれがまずい事態に発展したのである。

――どちらの娘道成寺が「本物」か、客が決めればよい。

という声が、何処からともなく上がり、しかも急速に市井《しせい》に広まったのである。恐らく天王寺屋の谷町、切り盛りをしている連中は、当初からこれが狙いで難癖をつけたのだろう。話が広まるように仕向けたのも彼らではないかと将之介は疑っている。

つまり濱村屋は喧嘩を買ったことで、まんまと罠《わな》に嵌《は》められたのだ。

賑《にぎ》やかな話題の好きな江戸の者たちである。最初に噂を振り撒いたのは天王寺屋側の者かもしれないが、その話題はどんどん広まり、遂には芝居を管轄する寺社奉行に対し、

――天王寺屋の娘道成寺を見に行くつもりだったのに濱村屋だった。こんなややこしいことは止めて欲しい。

などという無茶苦茶な苦情まで入っているという。それぞれに特色があるだけで、どちらも本物に違いないのに、真贋を決めねば気が済まぬというのも江戸者らしいといえばらしい。

「なるほど……それで芝居合戦か」

平九郎が唸ると、吉次は苦々しい顔で頷いた。

「はい。葉月十二日、未の刻。湯島天神内宮地芝居で、両者が順に『娘道成寺』を演じます」

寺社奉行もどちらが正しいとかではないのは解っている。だが世論に押される形で、両者を立て続けに演じてはどうかと言ってきた。あくまでも「勧める」という形だが、実質的には命じているのだ。

「やればよいのではないか。別に濱村屋の損にもなるまい」

すでに人気役者の富十郎と、これからの吉次では明らかに年季が違う。かつて富十郎が神童と呼ばれながらも、当時の菊之丞の芸には歯が立たなかったのと同じである。それは観客たちも重々解るはずで、むしろ吉次の初々しさも人気に繋がるかもしれない。

「しかし、寺社奉行はもう一つ……」

吉次は唇を震わせながら続けた。

「何……」

先ほどの、どちらが真の娘道成寺かややこしい、詐欺のようなことを容認しているのかという苦情が、日を追うごとに増えているというのだ。騒動は幕閣の耳にも入ったようで、

──よろしからず。

と見る上つ方は少なくないという。上下板挟みとなった寺社奉行は、この芝居合戦でより観客に支持されたほうを正式に「娘道成寺」とする。負けたほうは演目を潰すまではいかずとも、名を改めてはどうかと、勧めて来たというのである。

「中村富十郎様ご本人のお考えではないと思います……」

吉次も富十郎と面識がある。こちらが演技の助言を求めれば、嫌な顔一つせずに熱心に教えてくれる。

──菊之丞さんに負けぬ役者になりなよ。

と、爽やかな笑みを見せて励ましてくれる富十郎が、このようなことを望んでいるとは到底思えない。

「しかし役者一人の抗弁ではどうにもならないということか。それに訝しいな……」

「何がでしょうか」

「確かに庶民にとって芝居は一大関心事だ。だが寺社奉行のみならず、幕閣まで動くというのは話が大きすぎる。それに天王寺屋の取り巻きが、必死に動いているのも気になる」

これは単なる庶民の行きすぎた芝居熱に拠る騒動というものでなく、裏に何か大きな事情があるような気がした。

――そろそろだな。

東の空が白み始めているのだろう。障子が薄水色に変じてきている。長く留まれば留まるほど危険は増す。思えば依頼人とここまで長く話すことは珍しい。濱村屋の今の窮状に、己が全く無関係でないということがそうさせたに違いない。

「私では到底、富十郎さんには勝てません……受けて下さいますか？」

吉次は上目遣いに見て訊くと、口をきゅっと結んだ。

金は用意しており、隠しごとをしている様子もない。依頼を受ける条件は満たしている。まだあどけなさが残る年齢にもかかわらず、健気に濱村屋を救おうとする想いに応えてやりたいとも思う。だが所詮《しょせん》は人である己にはどうしようもなかった。

「俺は閻魔の遣いでも何でもない。死人を連れ戻すことは出来ない」

平九郎が答えると、吉次はあからさまに肩を落とした。半信半疑とはいえ、もはやそれ以外に濱村屋を守る術《すべ》はないと思っていたのだろう。

「ここまで聞いておいてすまないな。話は決して外に漏らさぬと誓う。安心しろ」

「解りました……」

「俺の知人がお主には才があると言っていた」

「え……」

「だから諦めるな」

「はい」

己の言う知人というのは、きっと観客の一人だと思ったのだろう。慰め程度にしか受け取れないに違いない。吉次は無理やりといった様子で頬を綻ばせた。

「ありがとうございました」

吉次が深々と頭を下げたその時、すでに平九郎は身を翻《ひるがえ》して部屋を後にしていた。

まだ寝静まっている濱村屋の屋敷を抜けると、平九郎は澄んだ風を全身に浴びつつ歩みだした。鶏がちらほらと江戸の朝を報せ始めている。

己が「二代目吉次」から依頼を受けるのは二度目だった。先ほど、話している最中、ずっと頭に思い浮かべていた「知人」こそ一人目の吉次。今はくらまし屋の一人として行動を共にするあの男のことである。

二

ある男から依頼が入ったのは、くらまし屋となって日の浅い、寛延三年（一七五〇年）の晩夏のことであった。平九郎は依頼人であるその男の後を尾《つ》け、紺屋町《こんやちょう》の煮売

り酒屋に一人で入ったところで、

「一緒にいいかい」

と、相席するように声を掛けた。

「どうぞ」

男は手を宙に滑らし、軽い調子で了承する。

暫し時を過ごした後、平九郎は耳よりの話がある体《てい》で手招きをした。男はぐっと身を乗り出して顔を近づける。

「くらまし屋だ」

「だろうな」

男は不敵に笑い、即座にそう答えた。このように話しかければ誰もが吃驚《びっくり》するが、この時ばかりは平九郎が驚く番であった。

「何故、そう思った」

「かなり剣を遣うだろう」

達人ならば相手の力量を読むことは出来る。だが、この男を観察してきたかぎり、そんな素振りは微塵《みじん》もなかった。こちらの不審を察したように、男は手を横に振る。

「俺はやっとうは、からっきしさ。ただ剣の達者の動きは知っている。あんたはそれを無理やり隠そうとしている……そんな感じに見えたから、ぴんと来たのさ」

これまで役者として老若男女問わず、様々な職の者を観察してきたという。武士の振る舞いもそのうちの一つ。見ているうちに剣をよく遣うかどうかまで見えるようになってきたらしい。

「武士は二本差しているから、ほんの僅か左に上体が傾く。町人として振舞おうとするあまり、反対に右に傾いているぜ。さらに歩く時、ほんの少しだが摺り足みたいな足つきになってる。訳は解らないが達人は皆こんな感じさ」

男は盃を傾けつつ話した。

「大したものだ」

正直な感想である。自身が剣を遣わぬのに、動きだけでそこまで看破するなど並大抵ではない。幾千、いや幾万の人を観察してきたことが窺える。

「もう、こちらの話をしてもいいのかい？」

漬物をひょいと口に入れ、男は大袈裟《おおげさ》に首を傾げた。

くらまし屋として依頼を受けるようになってまだ日は浅いものの、このように相手の調子に巻き込まれるのは初めてのことだった。平九郎は苦笑しつつ、店内の賑やかな声に紛れるよう、小声で七つの掟を話した。

「掟というのは解った。で、幾らいる？」

「話を聞いてからだが、最低でも七十」

「高《たけ》えな」

「お前は名が知られているだけに難しい」

「俺の調べはついているって訳だな」

この男の名を吉次と謂い、人気を博した瀬川菊之丞の養子にして、濱村屋の次の若き座長になるだろうと言われている。何故、こんな回りくどい言い方になるか。それは今の濱村屋の状況が些かこみ込っているからである。

瀬川菊之丞が死んだのは昨年の九月。それなのに濱村屋は次の座長を世間に御披露目することもなく、芝居もぴたりと止めてしまった。

濱村屋にはもう一人養子がいるらしいが、まだ幼年であるため、この吉次が継ぐことになると皆が思っている。だが未だ何の音沙汰もないため、あくまで憶測という形に留まっていたのだ。その吉次が濱村屋の後を継がず、それどころか晦まして欲しいと依頼してきたのには驚いた。そこに如何なる事情があるのかは、この吉次の口から聞き出さねばならない。

「話を聞こう」

「話さないと駄目かい？」

吉次は視線を外し、酒を盃にちょろりと注いだ。

「人を一人消すとなれば大事《おおごと》だ。予期せぬことも起こる。それなのに事情すら知らず、勤めを行うほど俺は強気ではない」

「仕方ねえ。まず俺を調べたなら、瀬川菊之丞は当然知っているな」

「ああ、お前の義父だろう」

「いいや、それは間違いだ」

吉次はゆっくりと首を横に振った。そんなはずはない。そう言おうとした平九郎に先んじて、さらに言葉を重ねた。

「瀬川菊之丞は実の父だ」

「何……」

まさかの答えが返ってきて、平九郎は息を呑んだ。

「俺はあの男が上方にいた頃の子だ」

言葉に棘《とげ》があるのを感じる。吉次はぽつぽつと己の出生について語り始めた。

今より二十二年前の享保十三年、菊之丞が一度役者の道から退き、徐々に人気を得始めた頃のことである。菊之丞が通っていた料理茶屋の奉公人と懇ろ《ねんご》の仲になり、生まれたのが吉次である。

母は産後の肥立ちが悪く、吉次を産んで半年後に亡くなった。母親は天涯孤独で身寄りがなく、菊之丞が赤子を引き取ることになったのである。

「だが実の子とせず、養子ということにしやがった」

「何故そうなる」

のちに跡を継ぐことになるのなら、実子のほうがよりよく思える。敢えて養子とする意味が解らない。

「あの男が日頃、どんなだったか知っているかい？」

「確かずっと女の……まさか」

「ああ、そのまささ」

吉次は忌々しそうに喉を鳴らした。

役者として復帰して以来、菊之丞は舞台を下りた後もずっと女装を続けた。いや、完全に女として振舞ったのだ。そのほうが芸も深まるということもあるが、話題になると考えたからである。

事実、噂好きの京雀《きょうすずめ》たちの間で、菊之丞が日頃も女のようだという話は瞬く間に広まった。芸に懸ける熱意を誉めそやす者、あるいは本当は女なのではないかと疑う者もいたという。ともかく話題に度々上ることで、菊之丞の人気はいやがうえにも高まりつつあった。

しかし幾ら装ってはいても、菊之丞の心は男であった。故に吉次の母と結ばれたのだ。だがそれが露見すれば、折角築きつつある「菊之丞」の偶像が霧散することになる。故に菊之丞は女がいることは世間にはひた隠しに隠したし、ましてや子が出来たなどとは口が裂けても言えなかった。

とはいえ、身寄りがなくなった子を放り出すのは忍びないという一抹の情はあったと見え、養子という形で引き取ったのが吉次である。

「どうして真実を知った」

吉次は赤子のうちに菊之丞の養子となったはずである。母方に身寄りがないことからも、実の子だと知ることは出来ないように思う。

「あの男の口から聞かされた」

濱村屋の者も誰ひとり知らないことであった。だが吉次が十歳になったある日、菊之丞から、

——あんたは私の血を分けた子だ。

と、聞かされたのだという。何故、これまで一切口外しなかったことを話す気にな

ったのか。吉次は今もなお解らないという。

「知らねえほうが幸せってこともあるもんだ」

吉次は苦々しく盃を舐《な》めた。

それまでは身寄りのない己を拾ってくれ、育ててくれている恩人だと思っていた。だからこそ厳しい稽古にも耐え、懸命に努力することも出来たのだ。

だが実の親だと知ってからというもの、稽古で叱られる度、手を上げられる度、沸々と憎しみが込み上げるようになった。この男は芸で大成したいがため、己の出生を塗り替えようとしている。見たこともない母の存在を無きものにしようとしている。

そう思うと何ともやり切れず、この男の「芸」を我が身に宿すことさえも汚らしく思えてきたのである。

「それから喧嘩ばかりだ」
十三、四になった頃には、吉次は目に見えて菊之丞に楯突《たてつ》くようになった。周囲の者が諫《いさ》めようとしても止まらない。菊之丞が叱責しようものならば、
——全てばらしてやってもいいんだぜ？

という目つきで睨みつける。そうすると菊之丞はぐっと押し黙るのだ。

「結局、てめえの身が可愛いのさ」

吉次は鼻を鳴らした。こんなふうに言葉が男っぽく、荒々しいのは、生涯女として生きようとした菊之丞への反発なのかもしれない。

「俺に見切りをつけたんだろうな。それからもう一人養子を取った」

それが今から五年前の延享二年（一七四五年）のこと。武州王子《ぶしゅうおうじ》から僅か五歳の幼子を養子に取り、芸を仕込み始めたらしい。

「だが舞台を踏むのは、嫌いって訳じゃあないのだろう？」

酔客の笑い声に溶かすように平九郎は訊いた。

吉次についてはこれまで聞き込んだ。まだ知っている者はそれほど多くはない。だが、芝居好きのあいだでは徐々に知られてきており、皆が異口同音に菊之丞に勝るとも劣らない才を有していると言っていたのである。

吉次は嘲るように口を歪《ゆが》め、

「大嫌いだよ」

と、目を横に外して吐き捨てた。

吉次は舞台に極力立たぬようにした。父と己の因縁、確執は観客に関係ないことである。それなのに舞台に立つことは、楽ではない暮らしの中から銭を出し、楽しみに観に来る人を裏切っているように思えたからである。それに対して菊之丞もまた、何を考えているのか無理強いはしなかったという。

それでも大きな舞台とあれば、人も足りぬので己も立たねばならない。父のことは恨んでいても、濱村屋には多くの役者、奉公人がおり、彼らのことは嫌いではない。彼らが、また己が食っていく生業《なりわい》だと割り切るほかない。

そして舞台に立つからにはきちんと演じなければならない。演じなければこれも観客への裏切りとなる。芸の家にいる以上、それくらいの分別はついているつもりだという。故に菊之丞からの手解きはめっきり減ったが、独りでも稽古に励んで来たという。親への憎悪、役者の端くれとしての矜持《きょうじ》、その二つが心中に渦巻き、複雑な日々を過ごしてきたらしい。

「で、何で今更？」

平九郎は低く尋ねた。そこまで恨んでいた菊之丞だが、今はもうこの世にはいないのだ。

「一緒になりてえ女がいる」

吉次は盃を卓に置くと、はきと言い切った。男が人生をやり直したいと思う時、その訳の大半は金か女である。吉次もまたそうらしい。

「別に役者をしていてもなれるだろう」

「いいや、そうはいかねえ」

菊之丞は遺言めいたものは何も残さなかった。ただ一つだけ、

――濱村屋を背負うならば、女として生きる覚悟を決めねばならない。

生前から常に言っていたらしい。つまり後を継ぐならば、菊之丞がそうであったように、生涯独り身で生きる覚悟を決めねばならない。

「三年前、俺はあの男に一緒になりたい女がいると言った」

その頃、吉次は奉公人の娘と良い仲になっていた。娘もまた菊之丞が課した掟を知っている。だが吉次は何とかそれを撤回させる約束していたのだ。そう迫ると、菊之丞は暫し黙考した後、

――駄目だ。

と、首を横に振った。だが吉次は諦めなかった。濱村屋を出て一緒になると言い放ったのである。

――あと五年……いや、三年経っても同じ気持ちならそうするがいいさ。

菊之丞はそう言って、呆れたように溜息を零したという。

新しい養子がまだ幼いことに加え、濱村屋としても人気が絶頂の最も大事な時期であった。あと三年助けたならば、曲がりなりにも育ててくれた恩を綺麗さっぱり洗い

流し、新たな気持ちで歩みだせる。そう思って、吉次は三年間耐えることにしたという。

その間に菊之丞が病で世を去ったという訳である。とはいえ、濱村屋の者たち、谷町衆たちは、生涯独身であることが当主を継ぐ要件だと知っている。

三年という約束を果たしたこともある。ならば当主を継ぐ前に、濱村屋を出ようと考えた訳である。

「余計なお世話だが、お前が出ても濱村屋はやっていけるのか？」

「心配ないさ」

吉次は整った頰を緩めて頷いた。

弟も舞台に立てるようになったし、他にもよい役者が育っている。しかも濱村屋には相当な財があり、それを食い潰すだけでもここ十年はびくともしないという。

徳利を傾け、盃に最後の一滴まで酒を入れながら吉次は続けた。

「弟には才がある。今では舞台に立てるようにもなったし、芸を磨けばあの野郎以上の役者になれるさ」

己は今内々で吉次と呼ばれているが、これを役者として正式に襲名することになった。遠からず二代目襲名披露の芝居が執り行われるだろうが、その後に抜ければ、吉次という名は疵物《きずもの》になってしまう。弟をそんな名の三代目にはしたくない。そうなる前に抜ける覚悟を決めたということらしい。

「事情はよく解った。だが何故、高い金を払ってまで俺に依頼をする」

「未練を残しちゃいけねえ。俺が死んだように見せかけて欲しい」

ただ濱村屋を去るだけでは、弟はことあるごとに己と比べられてしまう。たとえ弟の芸が遥かに己を上回ったとしても、それは続くことだろう。そのようなことで前途ある弟を苦しめたくはない。だが死んだとなれば流石に諦めもつくし、話すにしても皆憚《はばか》るはず。

「立つ鳥、跡を濁さず……ってな」

吉次の笑みに色気が漂う。一流の役者の片鱗が垣間見えた。

「相手の女はどうする」

「それだ。どうしたらいい？」

吉次は一転、今度は悪戯《いたずら》小僧のように白い歯を覗かせた。

――この男は何処か違う。

くらまし屋だと一発で看破したこともそうである。だが、これまで依頼をしてくる者は、大なり小なり己に恐れを抱いていた。だが吉次からはそのような感情は微塵も感じない。本当に恐れていないのか、それとも演技で隠し切っているのか。少なくとも眼前で笑む吉次から、得体の知れぬ魅力を感じた。

「露見すれば厄介だ」

まず吉次の死を装う。後にその女のもとへ向かい、共に逃げるという段取りである。

「先に知らせてやりたいのは山々だろうが……」

吉次が死んだと女に先に伝わるやもしれない。たとえそれが後で嘘と解っても、愛しい人が死んだと聞けば女もかなり応《こた》えるだろう。平九郎はそう付け加えると、吉次はきょとんした顔つきになった後、ふわりと軽く息を漏らした。

「鬼みてえな男だと思っていたが、案外優しいところもあるようだ」

「どうだかな。勤めのためならば鬼にでもなる」

「そうか。だが俺も同じさ。あいつと生きるためなら、何にでもなってやる」

「解った。では引き受けよう」

「恩に着る」

両手をぱんと合わせて拝むように吉次は頭を下げた。

「で、消えた後は何処へ行く？」

「取り敢えず上方に。お袋について何か調べてみるつもりさ……たった一つしか解っていねえからな」

「たった一つ？」

平九郎が鸚鵡《おうむ》返しに訊くと、吉次は宙に目をやって遠くを見つめながら答えた。

「名さ。お袋は俺に名を付けてくれたらしい。だが結局、一度も使わずじまい。これからはその名で生きていくつもりだ」

吉次にはすでに愛しい人と共に生きる新たな生活が見えているのだろう。調子が狂い、柄にもなく訊かずともよいことを尋ねた。

「何て名だ？」

未だ名乗ったことがないらしいから、気恥ずかしい思いもあるのだろう。照れを隠すように笑いながら、今日一番柔らかな口調で答えた。

「赤也だ」

第三章　品川南本宿にて

一

波積屋《はづみ》の小上がりの奥で、平九郎《へいくろう》は独り盃を傾けながら昔のことに想いを馳《は》せていた。思えば赤也《あかや》と出逢ったのは四年前、くらまし屋と依頼人という関係から始まったのである。

「お待ちどお様」

声を掛けられてふっと我に返った。お春《はる》が肴《さかな》を運んで来てくれたのだ。

「ありがとう。これは？」

小鉢に細かく刻まれた野菜らしきものが入っており、上から鰹節が振りかけられている。

「だしっていうの」

「ほう。だし……か。初めて見るな」

「出羽《でわ》の料理なんだって。大将が定府のお内儀から聞いて作ってみたらしいよ」

「へえ。色んな野菜が入っていそうだな」

平九郎は箸《はし》で鰹節を横に避けながら言った。

「えーと、茗荷《みょうが》、胡瓜《きゅうり》、生姜《しょうが》、茄子《なす》……」

指を繰りながらお春は続けた。

「青ねぎ、紫蘇《しそ》……あとは青南蛮の七種類」

「なるほど」

「それを細かく切って、醤油を一回し。あとは鰹節を振りかけて出来上がり」

板場にお春が目をやると、聞き耳を立てていた茂吉《もきち》が、よく言えたとばかりに微笑《ほほえ》みながら頷《うなず》いた。そして包丁を布巾で拭いながら補足した。

「滋養もあって暑い時期にはぴったり。何より美味《うま》いし、手早く作れるからね」

「今、言おうと思ったのに」

頬を膨らませるお春に、平九郎と茂吉は同時に頬を弛ませた。

「良かった」

「うん？」

お春が安堵《あんど》したような表情になったので、平九郎は首を捻《ひね》った。

「平さん、何かうかない顔していたから」

この後、くらまし屋の二人と話をすることになっている。二人とも依頼が入ったと思っているだろうが違う。過日、濱村屋吉次《はまむらやきつじ》の依頼を断わったことを話すのだ。

普段ならば断わった依頼を、一々報告することはない。だが今回は別である。

——皆の過去に纏《まつ》わることについては、包み隠さず話をする。

と、三人で約束を交わしているからだ。

赤也がどのように受け取るか。そのことをずっと考えていたため、お春にも気づかれるほど、顔が曇っていたのだろう。いや、この娘がまだ子どもなのに、人の機微を見るに優れているということもある。

「そんなことない」

平九郎が眉《まゆ》を上げて微笑むと、お春もまたにこりと笑った。

「じゃあ、ごゆっくり」

お春が去ると入れ替わりに、酒の代わりを持ってきたのは七瀬《ななせ》であった。

「はい」

「ああ」

短いやり取りを交わしながら、七瀬から徳利を受け取る。

「聞こえていた。何かあったの」

今しがたの己とお春の会話のことであろう。お春には心配を掛けぬように取り繕《つくろ》ったが、七瀬もまた己の様子がおかしいことに気づいているらしい。

「いや……な」

「嫌な話?」

この後の勤めの話が、という意味である。くらまし屋は掟《おきて》を守り、金さえ払えば如何なる者でも晦《くら》ませる。それが善人でも、悪人でも変わらない。中には春先の旗本の次男の依頼のように、気の滅入るような勤めもあるのだ。

「どうだろう」

平九郎が答えると、七瀬は頬を強張らせ、自らの鼻を指で指した。流石《さすが》、くらまし屋の智囊《ちのう》であるだけに七瀬は賢い。己が曖昧な返事をした訳が、依頼の善悪に拠るものでなく、己たちの過去に関することだと察したらしい。その上で、

――私に絡むこと?

と、訊《き》いているのだ。

「いいや」

七瀬は顔の緊張を解いたのも束の間、今度は心配そうに己を見つめる。平九郎の過

去に纏わる話だと思ったのだ。

「違う」

「じゃあ……」

「ああ、そうだ」

七瀬は意外だったらしい。七瀬でもなく、己でもなければ、おのずと答えは一つ。そこに関わる依頼というのが想像出来なかったようだ。

「後でな」

こじれるかもしれないが頼む。そのような意も含めて言うと、七瀬は深く頷いて仕事へ戻っていった。

夜が深まるにつれ、初秋の香りが柔らかなものになってゆく。酔客の声は高まり、やがて少しずつ、少しずつ減っていった。

赤也が姿を見せたのは、最後の客が去って間もなくのことである。

「赤也さん、いらっしゃい。遅かったね」

茂吉に言われて先に片付けを切り上げようとしていたお春が出迎えた。ここで酒を呑みながら話し合いまで待つことも多いが、好きな博打《ばくち》が乗っていて刻限のぎりぎりに現れるのもまた珍しいことではない。

苦笑しつつ答える赤也に、今度は七瀬が声をかける。

「いらっしゃい」

「おう」

「博打？」

「いいや」

もう店内に客はおらず、誰の目を憚《はばか》る必要もない。普段の赤也ならばすでに軽口の一つでも叩《たた》きそうなものだが、今日の赤也は何処か様子がおかしく見えた。

——知っているのか？

そう考えたが、その線はかなり薄いだろう。芝居合戦のことはあと数日、世間には伏せるように寺社奉行から命じられていると吉次は言っていた。赤也が濱村屋、相手方の天王寺屋《てんのうじ》に近づくとも思えない。ほかに何かあったと考えるべきであろう。それとも虫の知らせでもあったのか。平九郎はそんなことを考えながら、赤也に向けて言った。

「久しぶりだな」

「ああ、最近は少なかったからな。先に行くぜ」

「悪いな」

すでに七瀬が蠟燭《ろうそく》に火を点けに屋根裏に上がっている。赤也はだらだらと茂吉やお春と話し、七瀬に急かされることも多いのだが、このようなところも何か常と違っている。

「おやすみなさい」

赤也が階段を上っていくと、奥に入ろうとするお春が声を掛けてきた。

「おやすみ」

「平さん……」

お春もまた赤也の異変を感じ取ったらしい。先ほどの己のことといい、何か今日はおかしいとお春なりに思っているのだ。

「心配ない」

平九郎が言うと、お春は微かに口を綻ばせて奥へと入っていった。平九郎は茂吉に目配せをすると、自身も屋根裏へと上った。

二

蠟燭の火が小刻みに揺れる。湿気が多いため火が茫と滲《にじ》んでいる。三人車座になって向き合いながら、平九郎は此度《こたび》の依頼について語り始めた。

「と……いう次第だ」

語り終えた時、赤也の顔は深刻なものとなっていた。途中、驚いたような表情も見せていたため、事前に知っていたという訳ではないらしい。さらに忌々しそうに小さく舌打ちを鳴らしてもいた。

「そういうことね……」

七瀬は細い溜息を零した。七瀬も赤也の過去は知っている。その逆もまたしかり。三人でくらまし屋を名乗ると決めた時、互いの過去については全て話しているのだ。

話を聞いた後、赤也は一言も口を利かないでいる。暫し間を置き、平九郎は静かに問うた。

「赤也、どうだ」

「どうもこうも……どうしようもねえよ」

言い終わるなり、赤也はすぐに答えた。

「そうか」

正直なところ安堵しないでもない。赤也の言うように本当にどうしようもない案件なのである。だがもし赤也があの手この手を尽くそうとすれば、きっとそれは、くらまし屋全員に害を及ぼす。私情に駆られた勤めというのは概してそうなるものだ。

「そもそも、俺にとっては捨てた人生さ」

四年前、赤也は依頼者の「吉次」でもあった。


——七、捨てた一生を取り戻そうとせぬこと。


くらまし屋の一員となった今、仮に掟を破っても始末しようとは思わない。だがその時には、くらまし屋を抜けて貰わねばならぬとも考えていた。

「あんたがいいなら何も言わない」

七瀬はか細い声で言った。

「徳次《とくじ》には……いや、吉次には才がある」

赤也にとっては徳次のほうが未だに馴染み深いのだろう。

「でも相手はあの中村富十郎《なかむらとみじゅうろう》だけど」

「それだな。並の役者だったらともかく、幾ら才があるとはいえ、正直今の吉次じゃあ勝ち目がねえな」

淡々と語った赤也に対し、七瀬が何かを言おうとして口を噤《つぐ》んだ。赤也はそれが何なのかを察したようで苦笑する。

「無理だ。俺でも勝てやしねえ。現役の頃でもそうなのに、芝居から四年も離れた今なら全く歯が立たないだろうよ」

赤也が富十郎を役者として尊敬していることを知っている。かつて百年に一度の希代の役者だと語っていたのだ。

「打つ手なしってことね」

七瀬は深い嘆息を漏らす。

「そもそも芝居合戦なんか何故するかね。乗せられちまったのが馬鹿なんだ」

「そんな言い方しなくてもいいじゃない。吉次さんはまだ若いんだから。先が読めるはずない」

赤也の冷たい言い方に、七瀬が詰め寄った。

「違《ちげ》えよ」

赤也は真剣な舌打ちをして首を横に振った。

「え……」

「吉次についてはお前の言う通りさ。平さん、濱村屋に将之介《しょうのすけ》って奴がいるだろう?」

赤也はこちらに向けて話を振り、平九郎は腕を組んで頷いた。

「ああ、いる」

「あいつは商家でいうところの番頭を務めている。舵《かじ》取りをしくじったのはあいつだ」

もともと仲が悪かったのか、あるいは今の状況に憤《いきどお》っているのか。将之介を語る赤也の言葉の中に、これまでとは別の感情が籠っているような気がした。赤也は項《うなじ》を掻《か》きむしりながら続けた。

「今からでも遅くねえ。天王寺屋に詫びを入れて、何とか手打ちにすべきだ」

「勝てる状況なら中村富十郎が呑むはず――」

「いいや、富十郎さんはそんな男じゃねえ」

七瀬の反論を遮り、赤也は今日一番鋭く言い切った。平九郎は眉間《みけん》を寄せて尋ねた。

「何故だ？」

「あの人は芸に命を懸けている」

赤也の言葉に敬いの心が滲み出ていた。

亡き菊之丞《きくのじょう》は富十郎の将来を買っていたし、富十郎もまた菊之丞のことを深く尊敬していた。そして富十郎は菊之丞の跡取りになるだろう赤也にも、大層目を掛けてくれていたという。赤也もまた快活な富十郎に惹かれた。

連れ立って飲みに出かけるようなことはなかったが、芝居で一緒になった時などは、富十郎は周囲がいい顔をしないのもお構いなしに、赤也に芝居のこつを教えてくれたという。

——お前ほどの芸才を持ったやつは見たことがねえ。大きな声じゃ言えないが、俺なんかは当然、いつか菊之丞さんも超えられると思う。

ある日、富十郎は二人の時、こっそり耳打ちしてくれたことがあった。

「舞台が嫌いな俺だが、あの時は正直嬉しかった」

赤也は上を向いて細く息を吐いた。富十郎がいかに優れた役者であるか、舞台に立つ者の端くれとしてよく解っている。

「それと同時に何か恥ずかしくてよ……」

赤也は口を苦く歪《ゆが》めた。

富十郎は寝ても覚めても芸のことを考えている。人気の役者になった後も、若手よりも遥かに稽古に勤《いそ》しんでいた。人生を芸に費やす覚悟の富十郎と比べ、己は何と半端者かと身につまされた。

とはいえ富十郎はこうも語った。

「芝居は心……ってな」

赤也は想いを馳せるように薄闇を見つめた。

芝居というものは、舞というものは、その者の想いが恐ろしいほど見事に現れる。言い方を変えれば、その者がいかに生きてきたか、いかに生きようとしているかが滲み出るのだという。ただ幾ら想いがあろうとも、技がなければ観客に伝えることは出来ない。

裏を返せばお前には才があり、技があるのに、肝心の想いが無いと言われているような気がしたのだ。

「それも俺が舞台を降りようと考えた訳の一つさ」

赤也はしみじみと語った後、己と七瀬を交互に見て言葉を継いだ。

「ともかく富十郎さんはそんな人だ。平さんが聞き込んできた通り、恐らく天王寺屋の他の連中、谷町たちが騒いでいるんだろう」

富十郎は芸に真剣に向き合っているあまり、そのほかのことに関しては家の者に任せきりになっていたとも聞いている。富十郎が知った時には、もう後の祭りといったところだったのではないかと推測した。

「なるほどな」

「濱村屋には退く気がないとでも吹き込まれて、やきもきしているかもしれねえ。富十郎さんに直に会い、事情を説明すれば手打ちに出来ると俺は思う」

赤也の話を聞く限り、確かにその目はあるように思えた。元来、それは己たちの勤めではないが、せめて吉次にそのことを勧めてやるくらいはしてやってもよいだろう。だが平九郎は他に懸念も抱いており、それを二人に伝えた。

「裏に何かあるだって？」

赤也が目を細めると、平九郎は大きく頷いた。

「寺社奉行に訴えたのは、天王寺屋に関わりのある者たちかもしれない。だがそれで……」

「すんなりと動くか……って話ね」

七瀬は顎に手を添えて応じた。

「ああ、吉次の話に拠ると、幕閣まで動いたってことだ」

「庶民の関心が高いことかもしれないけど……鼻薬を嗅《か》がされているとか？」

「賄賂《わいろ》か」

天王寺屋が幕閣に伝手があり、賄賂で動かしたということも考えられなくもない。だが今の濱村屋はすっかり凋落《ちょうらく》しており、反対に天王寺屋は隆盛を極めている。わざわざ大金を使ってそこまでするのも腑《ふ》に落ちない。

「頼むしかないか」

老中の松平武元《まつだいらたけちか》のことである。昨冬、仕事の依頼を受けた後、これからは互いに力を貸し合う約束をした。いわゆる同盟である。

「借りを作らないほうがいいんじゃない？」

「いいや、前も頼るなら早く頼れと言われた」

平九郎は苦く歪めた頰を撫でた。今年の春、力を貸して貰った時のことである。向こうにも己たちと繫《つな》がっている利点はあるのだ。それに武元も、その配下にして己が頭に思い浮かべている男も、決して悪人ではないと思っている。

「とにかく俺はやらねえ。安心してくれ」

赤也は交互に見て改めて断わった。

「そうか。解った」

「今日はもういいよな？」

赤也は小さな溜息を吐くと、膝に手を添えつつ立ち上がった。

「ああ」

「じゃあ、先にお暇するぜ」

赤也の口調は常の軽妙なものに戻っている。だが階段を下りようとするその背に微かな違和感を覚えた。何処かで見たような気がしたのだ。

──あの時か。

それが何時のことか思い出すのにそう時は掛からなかった。沸き立つ様々な感情を押し殺し、必死に演じようとしている時の背。赤也がくらまし屋になったあの日である。

三

平九郎が赤也を悔ませたのは、二代目吉次の正式な襲名披露の芝居が行われる半月ほど前のことであった。赤也は本心では舞台の上で死ぬことを望んでいた。役者冥利に尽きるとかそのような意味ではなく、

「人は生きる上で納得が大切なのさ」

という理由からである。

人の世には儘《まま》ならぬことが溢れており、どうしても未練を残す。それは親子兄弟でも、友でも、当然男女でも。

何処かで生きているのではないかという未練を残せば、弟徳次のためにも、ひいては濱村屋のためにもならない。舞台の上で無理やり事故でも起こし、観客の前で派手に、それでいて残酷さは微塵もなく、綺麗に死んでやれば、皆が納得することだろう

と考えていたのだ。

「だがそれも流石に……な」

二代目吉次の襲名とあらばと、天王寺屋の中村富十郎が此度の興行に協力したい旨を申し出てくれていた。菊之丞亡き今、これほど良い見届け人はおらず、舞台にもかなり箔が付くことになるだろう。その舞台を台無しにしてしまっては、そこまで言ってくれている富十郎、天王寺屋の者に申し訳が立たない。故に御披露目を取りやめにできるぎりぎりを狙ったのだ。

「頼りにしている」

最後の打ち合わせで、赤也は微笑みながら言った。やはり己を恐れるそぶりは少しもない。

「何故だ……？」

そう尋ねた平九郎に対し、赤也はひょいと首を捻り、

「あんた、悪人じゃあないだろう」

と、軽い調子で答えた。心から望んだ訳ではなくとも役者の道に邁進《まいしん》してきたのは事実。中でも赤也は往来に立って、行きかう人々を見る稽古に余念がなかった。剣術でいうところの見取り稽古に当たるだろう。

幾千、幾万の人々を見ているうちに、善人か悪人か、朧気《おぼろげ》ながら解るようになってきたという。霊感や妖術の類ではない。恐らく悪人も何処かに後ろめたさを抱えており、それが所作に現れる。それを己でも無意識に感じ取っているのではないかと赤也は語った。

「俺にも後ろめたさはある」

また調子を狂わされて、言わずともいいことを口にしてしまった。

「それでも進む意志の強さも感じる」

赤也は間髪容れずに答えた。平九郎がやや呆気に取られていると、赤也は白い歯を覗かせて続けた。

「よろしくな」

こうして平九郎は赤也を晦ませた。

その日の夕暮れ時、赤也は、行ってみたい煮売り酒屋があると言って、知人数人と共に日本橋《にほんばし》の近く南茅場町《みなみかやばちょう》へと呑みに出かけた。酒をさんざん酌《く》み交わした後、家路につく途中で、

「俺はこっちだから」

と、言って皆と別れ、ひとりふらふらと鎧《よろい》の渡しへと向かう。

月のかすかな明かりの中、橋のたもとで平九郎が待ち構えていた。赤也が絶妙の間で、

「何だ、てめえは！」

と、大声を上げ、知人たちが慌てて駆け戻って通りを見た。それをはっきり確かめてから、平九郎が大きく構え、頭上から赤也に刀を振るった。あくまでも斬る真似である。

赤也はその瞬間ふらふらとよろめいて川に落ち、平九郎は身を翻してその場を離れた。知人たちは赤也を助けようと、川を覗き込んでいたに違いない。だが一向に赤也は浮上してこない。

赤也は牛の革袋でもって息継ぎをしつつ、潜水して下ったところで岸へと上がったのだ。そこで平九郎と落ち合い、赤也は用意していた新しい着物に素早く着替えた。そして二人で赤也の女の元へと向かい、三人で江戸を出るという計画であった。

実際に動いた中で、平九郎は驚いたことが三つあった。

一つ目は、平九郎が刀で斬る真似をした時のこと。赤也が懐から小刀を出したのである。嵌められたのかと一瞬疑ったが、何と赤也は自らの腕を切り裂いてみせた。吃驚する平九郎に対し赤也は、

「血糊じゃ怪しまれる」

と蚊の鳴くような小声で言い、川の中へと大袈裟《おおげさ》に落ちていったのだ。

その際のふらつく演技も見事なもので、己は本当に斬ってしまったのではないかと錯覚するほどであった。

二つ目は川から上がってきた赤也と合流した時のこと。平九郎が差し出した着物に瞬く間に着替えたのだ。水に濡れて帯が締まり、普段よりも着替えるのに手間取るはずが、まさしくあっという間の出来事であった。しかも濡れた着物を裂いて、腕の止血までする手際の良さである。

「たいしたものだ」

赤也の女の元へ小走りで向かう途中、平九郎は改めて感嘆した。

「何千回とやっていりゃ上手くもなる」

「腕もな」

「人生をやり直す大舞台だ。後悔はしたくねえからな」

濱村屋の奉公人や裏方は、住み込みの者もいれば通いの者もいる。赤也の女は前者であり、濱村屋が借り上げた屋敷の離れの一室で寝起きをしていた。

「少し待っていてくれ」

近くまで来ると、赤也はそう言って女の住む離れへと向かった。話をすれば驚きはするもののすぐに得心するだろう。手回りの荷を纏《まと》めるとしても四半刻足らずで戻って来ると聞いている。平九郎は辻に身を潜め、赤也と女が出て来るのを待った。

しかし、約束の四半刻が過ぎても赤也は出て来ない。常ならば、謀《たばか》られたことも考える。だが今回に限っては、

――何かあったのか。

と、心配のみが募っていった。

そろそろ先ほどの現場に奉行所の手の者が駆け付けるだろう。事情を聞き次第、濱村屋のほうにも連絡が行くはずで、時はそれほど残されていない。

平九郎は焦れ始め、踏み込もうとした矢先のことである。赤也が離れから姿を現した。

「お主……」

平九郎が口にしたのは、遅かったことを咎めるものではない。驚いたことに赤也はたった一人で離れから出て来たのである。それだけで何があったのか凡《およ》そのことは解ってしまった。

「くらまし屋、すまねえ」

赤也は頬を緩めながら詫びた。あの卓越した演技が出来る男が、大根に見えるほど無理やり笑っていると解った。

「ああ」

「女には口止めをしておいた。俺は玄人《くろうと》に頼んでいて、話せば命がないことも」

「そんなこと……」

今はどうでもいい。そう言いかけるのをぐっと堪えた。そう言ってしまいそうになるほど赤也の顔が痛々しかったのである。

「ともかく離れるぞ」

濱村屋の者が駆け付ければ全てが露見する。三人と二人、数こそ違うものの、当初の予定通り取り敢えず江戸を出ようとした。これも事前に用意していた品川《しながわ》の宿で夜が過ぎるのを待ち、払暁《ふつぎょう》になってから向かう。その間、赤也は何も語らなかったし、平九郎もまた何も尋ねようとはしなかった。

「上方へ向かうのか」

いよいよ品川からも離れるというあたりで、平九郎は歩を進めながら尋ねた。赤也は暫し考えた後、掠《かす》れた声で訊き返した。

「他へ行ってもいいか？」

上方へ行くという約束であった。変えるのにも許しを得たほうがよいと考えたのであろう。平九郎は素っ気なく訊いた。

「好きにしろ。何処へ行く」

「どうだろうな……行く当ては無くなっちまったからな」

赤也にとって行く当てとは場所ではなく、人だったのだろう。

短い付き合いだったが、赤也は心から芝居を嫌っている訳ではないと感じた。父との約束のせいにしてはいるが、その気になれば、もっと早く逐電《ちくでん》することも出来たはずなのだ。

父への憎悪から逃れたい一方で、濱村屋を離れられなかったのは、むしろ舞台が好きだったのではないか。

だが、その全てを擲《なげう》ってでも共に生きたいと思った女に巡り合った。赤也からすればどっち付かずの己を決心させてくれたと感謝すらしているだろう。そしてその女は、赤也と共に行くことを選ばなかった。まさしく今の言葉通り、赤也の一生に目指すものは何もなくなったのだろう。

「世話を掛けたな」

関所を抜ける手形はすでに平九郎が用意してある。赤也は品川南《みなみ》本宿《ほんじゅく》のはずれまで辿り着くと、そう言って頭を下げた。

「いや、達者でな」

「あんたは必ず守り通しなよ。きっとそんな人がいるんだろう？」

己の事情は何も語っていない。だが幾多の人物を模倣した練達の役者には、何か感じるものがあったのかもしれない。

「ああ」

「じゃあな」

平九郎が素直に頷くと、赤也は軽く手を上げて歩み始めた。

やがて、ふわりと口笛が聞こえ始めた。赤也が吹いているのだ。これがまた上手い。軽妙で明るい旋律が耳朶に届く。

その様子は若者が陽気に旅路に向かうようにしか見えない。だが必死にそう演じているのが解ってしまった。朝日に照らされたその背が酷く儚げであった。

「赤也」

思わず呼び掛ける。

「何だ？」

赤也は足を止めたが、振り返りはしなかった。朝焼けが薄く伸びた西の空を見上げている。昨晩からずっと迷っていたが、たった今吹っ切れた。別に情だけではない。この男とならばもっと大きな勤めが出来ると思ったからである。

「行く当てがないなら一つ提案がある」

赤也は暫し空を見上げたまま動かなかった。どちらにせよ暫し待ってやるほうがよい。そのようなことを考えながら、平九郎も淡く橙《だいだい》色に滲む雲をゆっくりと目で追った。

四

赤也と茂吉の話し声が、少しの間聞こえていたが、やがて戸が開いて出ていく音がした。茂吉との会話もいつもの赤也と何も変わらない明るい口調である。

「あいつ、無理して」

そこでようやく、七瀬がぽつんと呟いた。

「複雑だろうな」

「うん……」

いつも口論ばかりしているが、赤也の心根が優しいことを七瀬もよく知っている。故に赤也の内心が掻き乱されていることを察している。

「ともかくこればかりはどうしようもない」

吉次の言う通り、菊之丞ならば富十郎を破ることが出来るかもしれない。だが死人を極楽浄土より晦ますなど不可能であるし、赤也の前ではその名は出せなかった。赤也がどれほどその名に苦しんできたかを知っているからである。

「さっきの件、私たちも調べましょう」

「勤めじゃないぞ」

「うん。それでも。まさかあいつが濱村屋に顔を出す訳にもいかないし」

「やれるだけはやるか。だがそのためにはまず……」

「芝居合戦に至った経緯《いきさつ》を調べたほうがいいわね」

七瀬もやはりそこに引っ掛かっている。背景に何かが潜んでいるような気がするのだ。赤也が提案したように、両者を手打ちにさせようと動いても、邪魔立てしようとする者が現れないとも限らない。それに応じるためにも調べたほうがよかろう。

「それに……あいつ一瞬、様子がおかしくなかった？」

七瀬は唇に手を添えつつ尋ねた。

「ああ、将之介のことを語っている時だな」

「それも調べよう」

「それは……」

何故、芝居合戦などというおかしな成り行きになったかはともかく、そこを調べるのは些か気が引けた。

「私がやる」

七瀬は波積屋の仕事もあるため、普段ならそうした下調べは大抵己か赤也が担っている。二人が集めて来たことを元に、策を立てるのが七瀬の役目である。こんなふうに前のめりになることは珍しい。七瀬なりに何か思うことがあるのだろう。

「では俺は芝居合戦の背後を。そちらは任せる」

「五日後、またここでいい？」

「……恐らくやれるだろう」

平九郎は少し考えて応じた。頼るつもりのあの男の情報収集能力は群を抜いている。一握りの者しか知らない己や、七瀬、そして赤也の素性を、短い間に割り出したほどである。

五

翌日の早朝、平九郎は日本橋松川町《まつかわちょう》にある小間物屋「蜩屋《ひぐらし》」を訪ねた。主人とその妻、奉公人が二人だけの小さな店である。ここの者たちとは、すでに顔見知りになっている。

「これは、堤《つつみ》様」

ちょうど主人の高助《たかすけ》が、奉公人と共に表に打ち水をしているところであった。

年の頃は三十ほど。顎が尖って三角を逆さまにしたような輪郭をしており、肌の色が白い割に、眉は妙に立派で顔の中で最も印象が強い。身丈は高くないが、背筋はぴんと伸びて何処か品を感じさせる。

「朝早くからすまない」

「中へどうぞ。何か『お取り寄せ』でしょう」

高助は柄杓《ひしやく》を突っ込んだ手桶を奉公人に渡す。その時、互いに目で会話を交わしているのが見て取れた。高助に誘《いざな》われて、平九郎は店の奥へと進む。途中、妻ともすれ違った。

「頼む」

「はい」

高助は短く言い、妻は答えて表へと向かった。他人が見れば、客が来たから店の方を頼んだように思えるだろう。

最奥の一室に通された。高助は念入りに廊下を確かめた後、ゆっくりと障子を閉め、

「御頭に繋ぐのですな」

と、切り出した。

小間物屋は世を忍ぶ姿で、高助の正体は公儀隠密、御庭番の一人である。高助だけでなく、妻も、二人の奉公人もまた同じ。この蜩屋そのものが御庭番の拠点なのだ。手を組むにあたってそのことを平九郎は知らされ、何か繋ぎたいことがあれば訪ねればよいと高助たちと顔合わせも済ませている。他にも以前に訪ねた八丁堀《はっちょうぼり》近くの煮売り酒屋「幸位《さちい》」など、御庭番の拠点は府内に幾つかある。昼に訪ねるなら、蜩屋のほうが早いと一鉄より聞いていたのだ。

「頼めるか」

「勿論」

「実は……」

「話の内容は結構。直にお話し下さい。ただ一つ、府内のことか、外のことかだけお教え願えればありがたい。外ならば人の手配もあります」

「中だ」

「解りました。お急ぎですかな？」

「出来るだけ早いほうがよい」

「ならば丁度、本日の未の刻（午後二時）。御頭がここに来られますが、如何」

「助かる」

「ではその旨は伝えておきます」

高助は静かに頷いた。

「疎ましいのかもしれぬが、そう構えるな」

店の前で会った時と違い、こちらがいつ襲い掛かってもよいように、高助は常に神経を研ぎ澄ましている。

「疎ましいなどとは滅相もない。私は網谷《あみや》とは異なり、御頭に心服しておりますれば」

御庭番も決して一枚岩という訳ではない。隙あらば、己が頭の地位に就こうとしている者もいる。高助が今言った網谷とは、かつて高尾山《たかおさん》で阿部将翁《あべしょうおう》の争奪戦の折、虚《うつろ》と呼ばれる凶賊に敗れた男である。

だが高助はそのような輩とは異なるという。平九郎も嘘はついていないように感じた。

「では何故、そう構える」

「私はこれでも、それなりに遣うほうです」

「だろうな」

素人《しろうと》には解らないだろうが、足取りや所作を見ただけでも達人といっていい域にいるのは察せられた。高助がその気になれば、そこいらの浪人の二、三人は、あっというう間に息の根を止めることが出来るだろう。

「構えておられるのは、むしろ堤様のほうでございましょう。なまじ遣えるからこそ、堤様を見れば躰《からだ》が強張ります」

高助は苦笑いした。

隠そうとしていても殺気が零れ出ているという。高助ほどの腕の者からすれば、味方とは解っていてもその殺気に触れれば、思わず身構えてしまうというのだ。

妻子に会うまでは、何としても死ねない。多くの恨みを買っている今、もし誰かが斬りかかって来たら、己は迷いなく斬り伏せる覚悟を決めている。それがそうさせているのかもしれない。

「その気になれば、私なぞすぐに」

高助は手刀で自らの首をすうとなぞった。見立ては間違っていない。もし高助と戦えば、一合も結ばずに斬る自信はあった。

「口惜しゅうございます」

溜息を漏らす高助の真意が解らず、平九郎は眉間に皺を寄せた。高助は苦い顔のまま、ゆっくりと続けた。

「今の世では公儀より、むしろ市井にとんでもない達人が潜んでいます。堤様もそう、炙《あぶ》り屋も、虚も……私などでは歯が立ちません」

「あいつもそのようなことを言っていた」

網谷も御庭番で三指に入る実力だった。それが虚の漣月《れんげつ》なる者に斬られ、その漣月は己が斃《たお》した。だが虚にはその己さえも驚嘆すべき剣客がいるのだ。

――榊惣一郎《さかきそういちろう》……。

平九郎の脳裏にあの若者の相貌がちらついた。その強さは尋常ではなかった。前回、刃を交えた時は互角であったが、戦いの中で急速に成長しており吃驚した。

他にも虚には、金で荒事を引き受ける裏稼業の「振《ふるい》」の中で、かつて最強の名で呼ばれた阿久多《あくた》もいる。

御庭番は虚が人買いを行っていると見ている。己もまた妻子の失踪に関わりがあるか、そうでなくても手掛かりがあるのではないかと思っている。虚を追い詰めるため、利害が一致して手を結ぶことになったのだ。

「御頭は頼りにしておられます」

「まだ何もしていない」

「いつかそのような日が来るだろうと」

高助は静かに言った。いつの日か、虚と全面的に衝突するという意味である。

「刻限になったらまた来る」

平九郎は言い残して部屋を出た。あの男がそうであるように、己もまたそのような予感がずっとしているのだ。

第四章　お節介焼き

一

約束の時刻、平九郎《へいくろう》はまた蜩《ひぐらし》屋を訪ねた。

今度は奉公人、厳密には奉公人を装った御庭番の者が出迎え、再びあの奥の一室へと案内された。奉公人が中に伺いを立てると、

「来たか。入って頂け」

と、聞き覚えのある声が返って来た。

襖《ふすま》を開けると、そこには高助《たかすけ》。それに向き合って胡坐《あぐら》を掻《か》く、御庭番衆の頭、曽和《そわ》一鉄《いってつ》の姿があった。職人風の恰好をしている。着物は決して新しくないのに、足袋《たび》だけは美しいのが、職人の小粋さを見事に再現している。

「よう」

職人の恰好に合わせているからではない。一鉄はおよそ武士らしからぬ、隠密らし

からぬこのような男なのだ。

「力になって欲しい」

「素直になったじゃあねえか」

一鉄は不敵に片笑むと、顎をしゃくった。それで高助が会釈をして出ていき、部屋には二人きりとなった。

「虚《うつろ》か？」

まっさきにそう尋ねるあたり、一鉄は常にそのことを考えているのだろう。

「いや、違う。巷《ちまた》で噂の芝居合戦のことだ」

「おいおい。お前もその件に嚙《か》んでいるのか」

一鉄は顎をつるりと撫《な》でた。

「お前もということは……」

「ああ、俺も今その件を抱えている。もっとも、それだけに掛かり切りにはなれないがな」

御庭番は江戸のみならず、日ノ本中をまたにかけ、公儀に仇を成す者がいないか、不穏な動きがないか探っている。その中の一つに、この芝居合戦もあるというのだ。

「まず聞かせてくれ」

一鉄に促され、平九郎はこれまでのことを全て打ち明けた。

「と、いう話だ。何か知っていることがあるなら教えてくれ」

平九郎が語り終えると、一鉄は一呼吸間をおいて口を開いた。

「まず結論から言う。芝居合戦をさせるよう寺社奉行を動かした幕閣……そりゃあ酒《さか》井《い》だ」

今の幕府には二つの大きな派閥がある。一人は老中の松平武元《まつだいらたけちか》。曽和一鉄率いる御庭番も武元のために奔走している。そもそも御庭番と手を結ぶきっかけも、この武元が、

——一日だけ晦《くら》ませて欲しい。

と、己に依頼してきたことから始まった。その人柄に触れ、平九郎も好意を抱いている。

もう一つの派閥の領袖《りょうしゅう》というのが、出羽庄内《でわしょうない》藩主酒井忠寄《ただより》である。庄内藩は東北諸藩の監視のほかに、蝦夷《えぞ》地の警衛という変わった役目を担っている。故に普通は幕府の要職には就かない原則であったが、忠寄は才覚が図抜けているということで、寛延《かんえん》二年（一七四九年）、齢四十六にして老中に抜擢された。以後、幕府の中でも着々と支持者を獲得し、その勢力は武元と二分するほどになっているのだ。

「その酒井が何故、宮地芝居などに関わる」

「御老中もそのことに引っ掛かった」

酒井も含めてほかにも老中はいるが、己にとって老中とは武元ただ一人とでもいうように一鉄は語る。

そもそもこの案件、武元が不在の時に持ち込まれた。余程重要なことでもない限り、在城の老中、若年寄だけで決裁を進める。その時に酒井が、

――いっそ白黒はっきり付けさせてやればよい。

と、言い出したらしい。

大半の幕閣は世相に疎い。娘道成寺《むすめどうじょうじ》という演目を奪われれば、片方が潰れるかもしれないなどとは考えもしない。それは評定に出ていた武元派の幕閣も同じで、さしたることはなかろうと認めてしまった。

だが戻った武元はそのことを耳にするや否や、

――そのようなことをすれば、濱村《はまむら》屋が立ち行かぬことになるぞ……。

と、呟《つぶや》いていたそうである。

「そこまで市井のことをご存じか」

武元が市井の事情に詳しいことは知っていたが、まさかそのようなことまで把握し

ているとは思わず、平九郎は驚きを隠せなかった。

「民のための政を第一に考える御方だ。俺たちが上げた様々な市井の事情を、寝る間を惜しんで目を通しておられる」

一鉄は誇らしげに頰を緩め、話を続けた。

「さらにこの件には裏に何かあるとも」

「それで御庭番に探るように命じられたという訳か」

「そうだ」

「何か解ったのか」

「まず天王寺屋《てんのうじ》の裏で糸を引いているのは越後屋《えちご》だ」

大丸《だいまる》、白木屋《しろき》と並び、三大豪商の一つに数えられる商人である。この越後屋が三年ほど前から、天王寺屋に急接近しているという。越後屋の三人の有力な大番頭の一人、弁吉《べんきち》なる男が天王寺屋の芝居を見て感銘を受け、

――もっと広く世に知られるべきです。微力ながらお手伝いさせて下さい。

と、言い出したことがきっかけらしい。

幾ら人気の天王寺屋といえども、無尽蔵に芝居を打つことは出来ない。舞台を作るにも金がいるし、宮地芝居は幕府としてはただ黙認しているだけの状態で色々手を回

さねばならぬこともある。これを弁吉が一手に引き受けると申し出た。

「そのおかげもあってこの三年、天王寺屋は濱村屋の実に十倍もの芝居を打っている。人気が出るはずだ」

一鉄は両手をぱっと開いて戯《おど》けた顔を作った。

「それと今回のこと、どう関係する」

「まあ、急《せ》くなよ」

一鉄は掌《てのひら》で制しつつ続けた。

越後屋が天王寺屋に近づいたのは勿論善意からではない。

江戸では三大豪商が鎬《しのぎ》を削っており、その力も拮抗《きっこう》しているが、それぞれに地盤ともいうべき地がある。大丸の場合、上方から尾張《おわり》に絶大な力を持っている。越後屋は何度もこれを切り崩そうとしたが、大丸の猛反撃にあって断念しているというのだ。

「そこで天王寺屋さ」

上方でも芝居の人気は高い。むしろ本場というだけあって、江戸以上の人気を誇っている。越後屋は天王寺屋に上方で公演をさせ、その舞台装置、役者の衣装、小物に至るまで全て用意しようとしているらしい。その上で、

——天王寺屋のものは全て越後屋が取り揃えている。

と喧伝するのである。その上で越後屋が出店すれば、民は諸手を上げて喜ぶだろうというのだ。

「そんなに上手くいくか？」

平九郎は首を傾げた。たったそれだけのことで、庶民が越後屋へ好印象を持ち、さらに商品を買うとは思えなかった。

「案外、上手くいくと思うぜ。流行《はや》りが好きって者は確かにいる。そんな者が時代は越後屋だって吹聴すれば、そんなもんかとよく考えもせず続く者も出る。流行りが一時期だとしても、その間に地盤を奪うことは十分に叶うだろうよ」

えらく自信ありげに語るので、平九郎は訝《いぶか》しんだ。それを察したように一鉄は苦笑する。

「まあ、俺たちのやり方だな」

取りつぶしたい大名が現れた時などに、幕府がこのように民を煽動して一揆を起こさせることが実際にあるという。目に見えぬ潮流の中では、少数の意見は黙殺されるし、賢人の目さえも曇ってしまう。それが民の恐ろしさだと一鉄は語った。

「なるほど。しかし何故、濱村屋を潰そうとする」

越後屋が天王寺屋を利用し、大丸の商圏を奪おうとしているのは解った。だがそれと芝居合戦が未だに結びついていない。

「どうも中村富十郎《なかむらとみじゅうろう》が越後屋をよく思っていねえらしい」

富十郎としても、より多くの人に見てもらいたいという思いはある。加えて芸に専念するため、雑事は他の者に任せていたので、初めは何も口を出すことはなかったという。

だが富十郎の注文とは違う衣装が届いたり、あるいは上辺だけ注文通りでも品質が著しく悪いなどということがあったりした。

このことに富十郎は激怒したが、すでに越後屋は天王寺屋にがっちり食い込んでいる。天王寺屋の奉公人、役者の中には、越後屋の過剰な接待や、裏金を受け取って籠絡されている者が多数いる様子である。

「優れた役者が、即ち家を回すのに優れているという訳じゃあないからな」

富十郎は神輿《みこし》のようになっており、天王寺屋の実権はその奉公人、ひいてはそれを陰で操る越後屋の弁吉が握っているのが実態という訳だ。

「打つ手なしの富十郎だが、途方もないことを考えた」

「途方もないこと？」

「ああ、濱村屋へ移るってことだ」

「天王寺屋を創ったのは富十郎だろう……それを捨てるっていうのか」

「だから途方もないことだって言ったんだ」

一鉄は苦笑しながら頷いた。

実権が奪われ、飾り物となった富十郎が唯一出来る反抗であるといえよう。富十郎はこのままでは、多くの先達たちが必死に受け継いできた芸が汚される。一生を芸に捧げた菊之丞《きくのじょう》にも顔向け出来ない。自らが天王寺屋を畳みたいなどと周囲に漏らしていたらしい。

「これには流石《さすが》に天王寺屋の連中、越後屋も狼狽《ろうばい》した」

「当然だろうな」

富十郎あっての天王寺屋である。二番手、三番手の役者もまだまだ育っていない。それどころか越後屋の贅沢《ぜいたく》三昧に触れ、志《こころざし》のあった役者が冴えないようになっているらしい。

「天王寺屋の者は、すでに決まっている公演だけはやりきるように頼んだ。それが楽しみにしている観客のためだと」

それを持ち出されれば富十郎としても納得せざるをえない。すでに一年先まで予定が詰まっていたため、それを全て終えた後に進退を考えるというところで落ち着いたらしい。

「なるほど……読めてきた」

平九郎は顎に手を添えた。

「ああ、富十郎の行く当てを潰そうって腹だ」

越後屋が人をあちこちに仕込んで娘道成寺の論争を起こしたのだ。喧嘩や、派手なことが大好きな江戸の民である。これは瞬く間に広がると越後屋は読んでいたのだろう。実際、仕込んだ数の数十倍、数百倍のうねりとなって、巷はその話で持ち切りになった。

「ここで越後屋はさらに手を打った」

懇意にしている幕閣の一人に頼み、芝居合戦で決着を付けるという話を引き出した。

「それが酒井」

「ああ、越後屋は酒井を全面的に支援している」

三大豪商のうち白木屋はいずれにつくかを明らかにしてないが、大丸は徹頭徹尾、松平武元に肩入れしている。上方の大丸の牙城を崩すことは、武元の支持基盤を弱体化させることになり、ひいては酒井のためにもなる。このようなことから、たかだか宮地芝居が幕府二大派閥の睨《にら》み合いにまで繋がっているというのだ。

「御老中も大丸を守りたい思いはある。だが先ほどもいったように、濱村屋のことを心配しておられる」

「松平様は何と」

「何か濱村屋と因縁が？」

もともとは小大名の次男坊で、供の者もつけず町に出ることもあった武元である。濱村屋とも何か浅からぬ縁があるのかと考えた。一鉄はあっさり首を横に振った。

「いいや、特には。敢えて挙げると、若いころに一度芝居を見に行った程度だとさ」

「では何故」

「己たちの争いに巻き込まれたのに、酷く胸を痛めておられる。お人好しなのさ」

一鉄は軽口を叩くが、そのようなところが堪らなく好きだと顔に書いてある。一鉄は頬を引き締めて言葉を継いだ。

「とはいえ、酒井に負ける訳にはいかねえ。何としてもな。前にも言ったが、酒井は何かとんでもないことを考えていると御老中は見ておられるからな」

「それでお前が？」

「ああ、俺たちに何とか止められぬかと相談された訳だ」

「何か策があるのか」

「すでに世間に流布されてしまった芝居合戦。庶民たちは何も知らずに大喜び……これを無理やり止めれば、将軍《だんな》の名を傷つける。公儀に朝礼暮改は許されねえ。頭を抱えていたところに……」

「俺が来たという訳か」

一鉄はその通りといったように手を叩いた。ともかくこれで芝居合戦の背景が全て解った。些細な依頼の一つかと思っていたが、裏には存外大きなものが関わっていたという訳だ。

「これは赤也の案だが……」

そう前置きして平九郎は、芝居合戦を止める方法を語った。濱村屋側が富十郎に直々に詫びを入れるというものである。

「そりゃあ、無理だぜ」

実は一鉄も同じ手を考え、上方で手広くやっている商人に扮して濱村屋の将之介《しょうのすけ》に近づいたらしい。そこでここは体面を捨てて詫びを入れ、存続することが第一である。己は大丸とも懇意にしており、必ずや濱村屋への支援を取り付けるからと説得を試みた。事実、ことが収まれば、大丸に濱村屋の谷町になってもらうつもりだったらしい。途中までは機嫌よく話していた将之介だったが、その提案をするなり一転して怒気を

露わにし、

――うちが負けると思うのか。

と、言い放ったというのだ。

将之介は富十郎が相手でも、吉次《きつじ》が後れを取らないと信じ抜いている。ましてや娘道成寺は、先代の菊之丞が手塩にかけて育てた演目。天王寺屋が演じることに文句はないが、こちらが譲るつもりは絶対にないというのだ。

「赤也が言うには、確かに吉次は才があるらしい」

「それは皆が言っている。でもあの富十郎が相手では駄目だろう」

一鉄は首を横に振った。

しかも芝居合戦は観客の声援の大きさによって勝敗を決しようとしている。天王寺屋を支援する越後屋は、さくらを紛れ込ますことも平気でやってのけるだろう。そのことも含め、濱村屋が勝つ見込みはかなり薄いという。

ただでさえ火の車の濱村屋が、虎の子の演目である娘道成寺を奪われることとなれば、一気に身代《しんだい》が傾いてしまうかもしれない。よしんば生き残れたとしても、両者の間に怨恨が生まれる。濱村屋としても意地でも富十郎を受け入れることなどできないだろう。どう転んでも富十郎の思惑を潰すことが出来るという訳だ。

「将之介は詫びるのを得心せず、仮に納得しても横槍が入るは明白……打つ手なしか」

「だが諦めるつもりは……ねえようだな」

一鉄は不敵に笑った。

「まあな」

「こっちとしても芝居合戦を潰したい。何かあれば言ってくれ」

「解った」

平九郎はそう言い残して鯛屋を後にした。

赤也が構わないと言っているのに、己たちが止めようとする意味があるのか。だが胸騒ぎがするのは確か。この件がどうなろうとも、赤也が己たちのもとから去っていくのではないかという不安である。根拠は無い。あるとすれば屋根裏から降りていった時の、赤也の寂しげな背である。七瀬がこの件にのめり込んでいるのもそれ故であろう。

――何か手はないか。

平九郎は賑《にぎ》わう往来を行きながら、遠くの入道雲に向けて細く息を吐いた。

二

皆で集まってから三日後の夕刻、赤也は独りで茅町《かやちょう》へと向かった。過日、久助《きゅうすけ》と共に飛び込みで入った煮売り酒屋に向かうためである。あの時に、

——吉次さんじゃないか。

と声を掛けて来た年増の名はお国《くに》と謂《い》う。菊之丞が健在の頃、濱村屋は大いに忙しかった。そこで奉公人を募り、赤也が十五歳の頃に入って来た女である。役者や裏方の食事の世話、衣装の洗い張り、繕い物をしていた。

あの頃すでに齢は四十を過ぎていたので、今ではすでに五十路の坂を越えているだろう。お国はいつも軽口を叩いていた。その恰幅の良さも相まって、笑う姿はなかなか豪快なものであった。面倒見がよいこともあり、一部の女中たちからは頼りにされていたが、一方でまた嫌う者もいた。気に入った者しか世話を焼かず、気に入らぬ者には取り巻きと共に陰口を叩く一面もある。いわゆる何処にでもいる「お局様」というやつである。

あの日以来、お国に会いに行くか否か迷っていた。取り繕って逃げ出したが、お国は己が吉次であることに気づいていた。

お国はかなり口が軽い性分だということを知っている。台所が苦しくなって今は濱村屋も雇っていないらしいが、もし誰かに会おうものならば、

――吉次さんが生きていたよ！

など大袈裟《おおげさ》な身振り手振りを交えて言うに違いない。いや、あのお国のことだから、わざわざ濱村屋に足を運んでまで言うことも考えられた。

もう二度と会わないのだから、ほっかむりを決め込むつもりであった。白昼夢でも見たのだと、誰も取り合わなかっただろう。

だが濱村屋が窮地である今ならば話は違う。一縷《いちる》の望みを懸け、己を捜し出そうとすることも十分に考えられた。

さらに言えばそれでも構わない。身形《みなり》を変え、声色を変え、相貌を変え、逃げ通し、仲間にも迷惑を掛けない自信がある。だが濱村屋の連中に余計な期待をさせ、芝居合戦までの貴重な時を無駄にさせたくはなかった。今、しなければならないのは、吉次をはじめ皆が稽古をすること。伸び盛りの吉次なら、一月《ひとつき》稽古に没頭すれば変貌を遂げることも十分にあり得るのだ。

「行くか」

赤也はため息交じりに言うと、煮売り酒屋の暖簾《のれん》を潜った。前回同様、入り口に近

い席に腰を下ろすと、

「お国はいるかい？」

と、近くにいた店の娘に声を掛けた。

「ええ」

「昔馴染《なじ》みが来たと。あと酒と適当に肴《さかな》を頼む」

娘が呼びに行って暫《しばら》くすると、奥からお国が姿を見せた。前回は気づかなかったが、昔よりも一回り肉置《ししお》きが豊かになっている。

「吉次……さん。やっぱり！」

「声が大きい。事情がある」

「前に来た時、あまりにつれなかったので、そうかと思っていたよ。あれだろう。横にいた男に脅されていたとか、そんなところだろう？」

一気に捲《まく》し立てるこの話し方は何も変わっていない。赤也は苦く頬を歪めながら首を横に振った。

「違うよ。今は元通りだが、ひと時何も覚えちゃいなかったのさ」

暴漢に襲われて川に落ちた後、己でもどうやったか路へ這《は》い上がっていた。そこに通りかかったのは流れ者の博徒である。博徒というものは験を担ぐ。見殺しにしては運が落ちると思ったらしい。博徒に助けられて一命を取り留めたが、ごっそりと記憶が抜け落ちている。今までのことをすっかり忘れ、行く当てもないとのことで、その博徒と共に暫く諸国を漫遊していた。

ふとしたことで記憶を取り戻したのは約一年前のこと。もともと己はそこまで芝居に熱を入れていなかったし、今の気儘な暮らしも気に入っている。故に濱村屋に戻るつもりはない。江戸に近づくつもりもなかったが、大きな賭場が立つということで、少しの間だけと思って戻った。そこでお国に出くわしてしまったと、赤也は滔々《とうとう》と語った。これらは勿論嘘で、予《あらかじ》め用意した筋書きである。

「そんなことがあったんだね……」

しみじみと語る己の演技に騙《だま》され、お国は感慨深そうに頷いた。

「ああ、お国も知っているだろう？　俺たちが反目していたことを」

「御母上とだね」

「親父な」

赤也は首を振って低く言った。

菊之丞は徹底して女として振舞っていた。故に母と呼ぶように強要していたのである。実の母を捨て、実父であることを隠している男を、何が哀しくてそのように呼ばなくてはならないのか。真実を知ってからというもの、赤也は一度もそう呼ばなかった。

「俺とあいつには血の繋がりもねえ。この機会に濱村屋から離れたかったんだよ」

すくなくとも、お国も含めて殆どの者は己たちが実の親子だと知らない。そのように言い訳して、赤也はひらりと手を振った。

「江戸を出たらもう二度と寄り付かねえ。だから忘れてくれ。他言無用だぜ」

赤也が続けると、お国の顔に明らかに動揺の色が浮かんだ。

「まさか――」

絶句する赤也に対し、お国は拝むようにして頭を下げる。

「吉次さんを見掛けた次の日に……」

「くそっ」

赤也は自らの腿を強く殴った。あそこで逃げずに釘を刺しておけばよかったと後悔するがあとの祭りである。二度と会わなければいいと高を括っていたが、こうなれば他の仲間にも迷惑を掛けかねないため、一連のことを話さねばなるまい。

「あいつらは何て」

いつまでも悔いてはいられず、赤也はずいと身を乗り出して尋ねた。

「今、濱村屋は大変なんだよ」

「知っている」

「え……」

「芝居合戦だろう。噂で聞いた。で、何て言っていた」

「将之介さんは血相を変えて……」

お国はこの話を、濱村屋を実質的に預かっている将之介に話した。すると将之介は、

――お国さん。そりゃあ本当か。何時、何処で。見間違いじゃねえのか。

と、矢継ぎ早に訊《き》いてきたらしい。

当人は否定していたが、あれは間違いないとお国が言うと、将之介は濱村屋の若い衆に草の根を分けてでも捜せと命じたという。

「何か本当は……悪いことをしたんじゃあないね？」

恐る恐る尋ねるお国に腹が立ち、赤也は思わず舌打ちをしてしまった。己が話したことは嘘で、帰って来られない理由《わけ》があると邪推したらしい。

「違《ちげ》えよ」

「じゃあ、やっぱり皆嬉しいんだよ」

「それも違う。あいつらは……いや、あいつは俺を舞台に立たせるつもりだ」

赤也は額を手で押さえながら溜息を吐いた。お喋りであるということは、深く考えないと同義なのであろうか。お国は考えもしなかったというように吃驚《びっくり》している。だがはっと我に返ったようになり、お国は丸い顔をぐっと寄せた。

「なら、そうしてあげなよ」

「話を聞いていなかったのか。俺はもう濱村屋に関わる気はねえ」

「でも……」

「でも糸瓜《へちま》もあるか。だいたい相手はあの富十郎さんだ。勝てるはずねえ」

中村富十郎がいかに凄い役者なのか、本当の意味で誰も解っていない。芸を磨けば磨くほど、それがよく理解出来るのだ。あの時の己でもまともに太刀打ち出来なかったのに、四年も舞台を離れた今、勝てる見込みは皆無だろう。

「濱村屋の借金。利子だけでも相当な額だって言うよ」

「らしいな」

赤也は手酌で注いで酒をぐいと呷《あお》った。

「これは内緒だけど……」

「じゃあ、言わねえほうがいいんじゃねえか」

愛想なく止めたが、お国はここだけの話だと前置きして続けた。結局、己が話したいだけなのだ。

「夕希《ゆうき》、自分を質にして借金をしたらしい」

「やっぱり、聞くんじゃあなかった」

赤也は舌を鳴らして吐き捨てた。

「そんな殺生なこと。吉次さんだからこそ——」

「昔のことだ。お国、お喋りが過ぎるぜ」

盃を卓に叩きつけると、赤也は睨み据えて低く言った。

——あいつが選んだ道だ。

そう口に出すことはできなかった。お国はきっと、夕希が将之介と夫婦になる道を選んだのは、己が死んだと思っていたからこそだと信じ込んでいるに違いなかった。だが実際は違う。あの日、己が迎えに行ったとき、夕希は愕然としていた。いきなり逃げると言われても驚くのは間違いないだろう。だが、すぐに了承してくれると信じて疑わなかった。それまでも夕希は、

——もし二人でいられるなら、何があっても生きていける。

と、言ってくれていたからである。

外の様子を窺いながら支度を急ぐように言ったところで、赤也は異変に気付いた。

夕希は立ち上がろうともせず、ただ項垂《うなだ》れるだけだったのである。

赤也はそれで全てを察したが、それでも諦め切れず無様に何故だと迫った。すると夕希は消え入るようなか細い声で、

――私は舞台の吉次さんが好きなの……。

と、零したのである。

菊之丞が遺言した、後継ぎは妻を娶《めと》らないという決まりを変えて欲しいとは望んだが、濱村屋を捨てて欲しいとは望んでいない。そのようなことを途切れ途切れに夕希は言った。

つまりそれは濱村屋の後継ぎである己だから好きだったということか。これ以上は説得しても無理だと思った。くらまし屋にも迷惑が掛かる。かなり危ない裏稼業に依頼したこと、生きていることを話せば命が無くなるとだけ念を押し、

――達者でな。

と、言い残して赤也は身を翻《ひるがえ》した。

そして行く当てもないまま江戸を出ようとする間際、平九郎に誘われて裏稼業の道に入ったのだ。これがあの日、起こったことの顚末《てんまつ》である。

そう、夕希こそが共に逃げようとした女だった。

別に今更恨み言を並べるつもりはないが、だからといって助けてやる義理はない。それにそもそも、夕希がその後、一緒になった夫の将之介の米相場での失敗から、濱村屋は窮地に陥っているのだ。

「今の吉次さん……徳次《とくじ》さんだってきっと助けて欲しいと願っているはずだよ」

「あいつに聞かせたのか」

「いいえ」

お国は首を横に振った。

吉次がこのことを知れば、過剰に期待するのは目に見えている。芝居合戦まで時も少ないのに、稽古に身が入らなくなってしまう。それで赤也が見つからなければ、がっくり気を落として本番にも影響を及ぼす。故に将之介は吉次にはこのことを知らせるなと濱村屋の者に命じ、お国にも絶対に今後は口外するなと厳しく止めたらしい。

――あいつのほうが一枚上手か。

赤也は小さく鼻を鳴らした。お国の性分を知っているということにおいてである。その点、己は甘い。その場から逃げ出したいという思いが勝ったこともあり、お国に口止めをせず、事態をややこしい方へ向かわせてしまった。

――ずっとそうか。

赤也は自嘲気味に苦笑した。

今回に限った訳ではない。将之介は芝居以外のことにおいては、己より一枚上手であった。

将之介と夕希が夫婦になったのは勢いだけではないだろう。そもそも将之介はずっと夕希に想いを寄せていた。そして夕希が己の一生に何を求めているのか。己よりもそれを冷静に、正確に、見抜いていたのも将之介であった。

夕希は深川《ふかがわ》の履物屋の家に生まれた。ただでさえ吹けば飛ぶような小さな商いであったが、父が無類の博打《ばくち》好きで、負けてばかりいたため暮らしは困窮を極めていた。母が止めようとも耳を貸さず、酔いに任せて暴れて手が付けられなかったという。夕希もまた時に激しい折檻《せっかん》を受けたらしい。

夕希が十歳の頃。父が身投げをした。途方もない借金があることを知ったのは、父が死んで間もなくのことである。母子は僅かな家財一式を取り上げられ、住むところを追われた。

母は伝手を辿《たど》って品川《しながわ》の旅籠《はたご》に住み込みで働き、雀《すずめ》の涙ほどの給金から、借金を返し続けた。夕希が十三歳の時、苦労が祟《たた》って母も死んで天涯孤独となった。

その旅籠は菊之丞の定宿であった。江戸に住まいながら、品川に定宿があるという

のも奇妙に思えるが、その訳を赤也は知っている。菊之丞は常日頃から、

——常に見られているのが役者ってもんさ。

と言っており、上方の公演から戻ると、必ず品川で一泊する。ここでしっかり身繕いをしてから、江戸に入るようにしていたのである。

夕希の母の世話を菊之丞は気に入っていた。残された夕希を不憫《ふびん》に思い、ちょうど濱村屋も人手を欲していたことから、奉公人として引き取ったという流れである。

そうした過去を持っている夕希なのだ。二度とあんな辛い暮らしは送りたくないと、安定を求めたとしても誰が責められようか。そう考えたいだけかもしれないが、濱村屋の跡取りなら安泰だというだけで、己に想いを寄せてくれていた訳ではないだろう。それが理由ならば、わざわざ菊之丞が残した決まりを乗り越えねばならないような相手を選ぶ必要もなかろう。

ただ夕希の土台にはやはり安定への止《や》みがたい憧れがあり、いざ己が逃げようと言い出した時、

——何とかなる。

と前向きに考えられず、過去の恐れが蘇《よみがえ》って来たのではないか。それを解ってやれないほど己は舞い上がっていたし、未熟だったのだ。

――夕希から手を引け。

将之介がそう迫ったのは、己が濱村屋から姿を消す一年前のことであった。夫婦になれないのに心を弄《もてあそ》ぶな。そんなことを言っていたように思う。将之介の想いを知ったのも、その時のことであった。

あんな決まりなんて守る気はない。全てを乗り越える。だから横槍を入れるな。そんなふうに将之介に返したのだったか。将之介はなおも食い下がろうとしたが、己は将之介の躰《からだ》を押しのけてその場を立ち去ったのである。

将之介のほうが、夕希の心の傷をちゃんと見抜いていたのだろう。二人が後に一緒になったと風の噂で聞いた時、ぼんやりと思ったのを覚えている。

――米相場もそんなところだろうな。

菊之丞を失い、己が去った濱村屋の将来に不安を覚え、夕希をより安心させてやるため、手を出したのだろうと容易に想像出来る。ましてや将之介の実父は、なうての商人で、確かな筋からの儲《もう》け話だと思ったのだろう。

「吉次さん」

お国に呼ばれ、はっと我に返った。

「何も言うな」

赤也は低く言うと、勘定を置いて立ち上がった。流石のお国も諦めたようで、肉付きのよい丸い肩を落とした。

「じゃあ、もう濱村屋も駄目だね……」

「今からでも遅くねえ。天王寺屋に詫びに行かせりゃいいだけだ」

「駄目なんだよ」

「将之介が反対するってか。そんなもん皆で説得して――」

「知らないのかい？」

お国が怪訝《けげん》そうにするので、赤也は眉《まゆ》を顰《ひそ》めた。

「御当主……今の吉次さんが大怪我をしたのを」

「何時の話だ」

六日前、依頼があって平九郎が吉次に会いに行った。思い詰めてはいたものの、その時は怪我をしていたなど聞いてはいない。

「四日前のことさ」

吉次が愛宕山《あたごやま》に必勝祈願に行きたいと言い、夕希も含む三人の奉公人と共に出かけたという。愛宕山には長い石階段がある。そこから足を滑らせて転落し、腕の骨を折る大怪我を負ったというのだ。

これではとても芝居など出来ない。将之介は天王寺屋に行き、芝居合戦の延期を申し入れた。これが三日前の話である。

だが天王寺屋はけんもほろろに断わって来た。怪我に気をつけるのも役者として当然の心構えである。それに腕を折ったというが、日延べするための嘘かもしれないと、富十郎に取り次いでも貰えなかったらしい。

将之介はその足で、次に寺社奉行のもとへ向かった。だがそこでも、芝居合戦の日取りは決まっており変えることは出来ないと告げられた。もし吉次が出られないならば、将之介お主が代役を務めればよいではないかと返されたという。

――馬鹿野郎……。

赤也は下唇を嚙みしめた。

吉次はわざと階段から転げ落ちたのだと確信した。愛宕山は戦勝祈願に利益があるとして知られるが、これは真の戦での勝ち負けのことだ。故に武士から篤い信仰を受けている。

役者ならば芸事の精進を見守って下さるという天鈿女命《あめのうずめのみこと》を祭った、烏森《からすもり》神野社に詣でるのが普通である。恐らくは勝負だからと言って周りを丸め込んだのだろう。だが、吉次は愛宕山に詣でたかったのではない。端から愛宕山にある石階段を転げ落ちるつもりだったのだ。怪我を負えば芝居合戦を日延べ出来る。もしかしたらうやむやにも出来るかもしれないと。

「あいつに何をさせてんだ……」

将之介に、夕希に、他の役者に、奉公人に。そして己に向け、赤也は歯軋《はぎし》りをして呻《うめ》いた。

——今は関わりねえ。

そう言い残して去ろうとしたが、口がどうしても動かなかった。

二代目吉次として大人たちに担がれた通りに振る舞い、くらまし屋に依頼するほど追い詰められ、挙句には身を挺してまで芝居合戦を止めようとした吉次はどうなる。己は得られなかった幸せを、将之介と夕希が摑んだことが妬ましいのではないのか。振られた腹いせという想いは微塵もないのか。

そしてあの糞親父が命を懸け、母を捨て、親子の縁を隠してまで編み出した演目が奪われてもよいのか。そうなれば、母が身を引いた意味はなんだったのか。様々な想いが全身を駆け巡り、赤也は声を震わせた。

「やってやるよ……」

「え……」

赤也は振り返って唸《うな》るように返した。

「俺がやってやるって言ってんだ」

「それじゃあ――」

「ただし条件がある」

破顔するお国を、赤也は手で制した。

一つ目は事前に将之介以外には誰とも会わない。飛び入りで舞台を踏み、その足でまた姿を晦ますこと。二つ目は己が来ることは将之介だけに告げ、他には一切漏らさぬことである。

当日までも、そして芝居が終わった後も、二度と交わるつもりはない。ただ芝居の最中だけ戻る。こうしてお国に話したのも、言伝させるためである。もちろんお国が他言せぬことも条件に含まれる。

「これが呑めねえなら、俺は力を貸さねえ」

お国は身震いして頷いた。

「じゃあ、将之介に伝えろ。お前に会いにいくと」

「私も観に行くよ」

「勝手にしな」

声も躰も弾ませるお国に対し、赤也は鼻を鳴らして外へと出た。

店に入った時は晴れ上がっていたのに、西からどんよりと重い雲が伸びて来ており、今にも一雨降り出しそうである。

芸事は一日稽古を止めれば、三日分後退する。すでに芝居から離れて四年。今の己はどれほどやれるだろうか。しかも相手はあの中村富十郎である。

——平さん。

赤也は曇天を見上げて心の中で詫びた。あの日、この空のように今にも泣き出しそうであった己を平九郎は誘ってくれた。幾ら二度と関わらないとはいえ、舞台に立つなどすれば、もうくらまし屋ではいられなくなる。

——殴られそうだ。

赤也は苦く頬を歪めた。七瀬にこのことを打ち明けたらということである。でも最後には力を貸すと言ってくれるのは解っている。裏稼業でありながら情に深い女なのだ。それは平九郎もまた同じであろう。

だからこそ巻き込む訳にはいかない。数多《あまた》の人目に晒されるようなことをすれば、くらまし屋そのものが潰《つい》えてしまう。

ぽつんと、雫《しずく》が頬に落ちた。

それはあっという間に、沛然《はいぜん》たる驟雨《しゅうう》へと変わる。人々が頭を押さえて往来を駆け巡る中、赤也だけは常と変わらぬ歩調で雨の暖簾を潜っていく。

第五章　噂の濁流

一

「平さん！」

平九郎《へいくろう》が長屋で刀の手入れをしていると、外から己を呼ぶ声が聞こえた。七瀬《ななせ》である。共に裏稼業を行っているが、ここに来ることは珍しく、これまでに数えるほどしかない。そのいずれもが、のっぴきならぬ事態の時であった。

戸を開けると、七瀬が息を切らせて立っている。

「どうした」

平九郎は左右を確かめながら、七瀬を中へと招き入れた。

「赤也《あかや》が……」

七瀬から一通の書状を手渡されて開く。嫋《たお》やかな手で女が書いたもののように見えるが、これが赤也の筆跡であると知っている。

今日の昼前、波積屋《はづみ》にふらりと赤也が現れた。七瀬は買い出しに出ており、お春《はる》が表を掃き清めていたという。そのお春に、

——これ、平さんか七瀬に渡してくれねえか。

と、渡してきたという。

子どもだが、あの察しの良いお春である。これは何かあると思い、問い詰めようとした。だが赤也は、

——どいつもこいつも、子どもが気を回しすぎなんだよ。

と苦笑して、さっと立ち去ってしまったというのだ。

「これは……」

平九郎は文《ふみ》を読んで言葉を失った。

——くらまし屋を抜けたい。

と、いうものなのだ。そして最後に、これまで世話になったという礼で結ばれている。

くらまし屋の三人は、それぞれに目的や思惑がある。だからこそ全員が対等であり、抜けたい時は隠し立てせずに申し出て、残る側もそれを追うことはしないと決めている。だが、これはあまりにも唐突過ぎるし、赤也が何を考えているのか、今まで共に

いたからこそ容易に想像出来た。

「あいつ……」

「ええ」

一人で吉次《きつじ》の依頼を叶えようと、濱村屋《はまむら》を救おうとしているのだ。

「でもどうやって……死人を蘇《よみがえ》らせるなんて出来るはずない」

七瀬にしては察しが悪いのは、頭に血が上ってしまっているからか。加えて赤也が現役だった頃の姿を見ていないから思い至らないというのもあろう。

「違う」

平九郎が首を振ると、七瀬もようやく気付いたようで口を手で押さえた。

「あいつが『菊之丞《きくのじよう》』になるつもりだ」

先日は将之介《しようのすけ》を動かし、天王寺《てんのうじ》屋に詫びを入れさせるのが最もよい解決法だと主張していた。あれ以降に赤也も将之介にその気がないことを知ったのか。いや、そうだとしてもこの決断をするとは思えない。他に何かが起こり、赤也に踏み切らせたのだろう。

「すぐに手分けして調べるぞ」

「でも何処を？」

赤也の塒《ねぐら》こそ知っているものの、このような文を寄越したからには、そこにはもう戻らない決心だろう。

他の心当たりはない。勤め以外では無用に交わることはないのである。唯一の例外があるとすれば、それが波積屋ということだ。

「あちらから当たるしかないだろう」

赤也といえばやはり博打だ。中には赤也の知己がおり、己たちの知らぬ心当たりがあるかもしれない。とはいえ江戸は広く、毎日のように無数の賭場が開かれている。

「私たちだけじゃ限界がある」

「今一度、一鉄《いってつ》を頼るか」

一鉄ならば江戸の主だった賭場はきっと押さえているに違いないし、どこの賭場に赤也が出入りしているか、追えるかもしれない。だが流石《さすが》に時が掛かり過ぎるだろう。そして知人がいたとしても、向こうから名乗り出てくれる訳でもないのだ。そこまで話していた時、七瀬がすっと唇に手を添えた。これは何か策を思い付いた時の癖である。

「名乗りださせましょう」

「そんなこと出来るのか」

「そのためにあそこに……」

七瀬から腹案を聞いた平九郎は、感心して拳を手に打ち付けた。

二

茂吉《もきち》に事情を説明しに、七瀬は一度波積屋へと戻った。

一方自らの長屋を出た平九郎が向かったのは守山町《もりやまちょう》にある口入れ屋「四三屋《よみ》」である。ここは表では人足や女中などの働き口を斡旋しているが、裏では盗人、用心棒、あるいは殺し屋といった者たちの周旋も行っており、暗黒街に通じている。

「これは堤《つつみ》様」

平九郎が訪ねると、店主の坊次郎《ぼうじろう》が丁度客を送り出したところであった。

「坊次郎、急いで仕事を頼みたい」

「奥へどうぞ」

己が来たということは、坊次郎は当然裏稼業の依頼だと思うだろう。此度《こたび》は違うのだが、わざわざ人目につくところで話す内容でもない。促されるままにいつもの部屋へと案内された。

「お急ぎとは珍しい。要件をお聞きしましょう」

平九郎が突っ立ったままでも、坊次郎は気にせずに話し始めた。いつ何時でも動けるよう、己が座らないことを熟知しているのだ。

「赤也を捜している」

平九郎が言うと、坊次郎は鴟《みみずく》が鳴くように唸《うな》った。

「仲間割れですかな？」

「そういう訳ではない。ただ事情があるだけだ」

「解りました。しかし炙《あぶ》り屋は暫《しば》し江戸を離れているようで……」

「馬鹿をいうな」

餅《もち》は餅屋。確かに炙り屋こと、万木《ゆるぎ》迅十郎《じんじゆうろう》に依頼すれば、最も早く赤也を捕まえられるだろう。だが迅十郎はくらまし屋を敵対視している。これ幸いにと、見つけた赤也を始末するかもしれない。

「噂を流して欲しい。今回はいわば表の仕事だ」

平九郎は七瀬の立てた策について話し始めた。

まず赤也から百両借りた者がいることにする。金の都合が出来たので返したいが、赤也の消息が一向に摑《つか》めない。しかも近日のうちに江戸を離れなければならない事情がある。誰か知り合いでもいいから、預けられる者を探していると噂を流すのだ。

「なるほど。それならば餌《えさ》に釣られて来そうですな。しかし知人でもない者も群がるかもしれませんよ?」

「それは会って弾く」

赤也の相貌は勿論、話し方、日頃の様子を面談で聞き取り、嘘を吐いていると思える者は全て振り落としていくつもりである。

「解りました。裏も表も賭場に出入りする者などごまんといます。二、三日のうちに噂を広めてみせましょう」

「頼む。金は幾らだ」

「五十両頂きます」

「解った」

その程度は予想の範疇《はんちゅう》である。持ってきていた二十五両の切り餅を懐《ふところ》から二つ取り出して畳の上に置いた。

「少しふっかけたつもりだったのですが……文句を仰《おっしゃ》らないようで」

「あいつのためなら安いものだ」

「ふふ……絆が深いようで」

坊次郎はそう言うが果たしてどうなのか。ここに頼みに来たのも、己は日頃の赤也について何も知らないからだ。ただ勤めというたった一本で繋《つな》がっているだけに過ぎない。だがその一本が、少なくとも己にとって太く強靭《きょうじん》であることは間違いない。

「その代わりに急いでくれ」

「承《うけたまわ》りました」

坊次郎が薄い笑みを浮かべて深々と頭を下げた時には、平九郎はすでに部屋を後にしていた。坊次郎の仕事は確かである。焦れる気持ちはあるが、今はこれ以外に打つ手はない。

三

坊次郎から報せが入ったのは翌日のことである。早くも数人、

――俺は赤也と深い仲だ。

と、称する者が現れたという。

平九郎は髷《まげ》を結いなおし、恰好も町人のものに改めて四三屋に向かった。変装の名人たる赤也が見たならば、髷と言わず恰好と言わず欠点だらけなのだろうが、面談した中に怪しむ者はいなかった。

「どう？」

面談を終えて波積屋に顔を出すと、七瀬が小声で尋ねた。

「いや、ほとんどが偽者さ。本当に顔見知りらしい者もいたが、ただ数度賭場で一緒になっただけといったところだ」

「あいつ……親しい人なんているのかな」

「どうだろうな。何も言わないからな」

博打の種類や勝敗については話すものの、人の話というのは一度も聞いたことがなかった。知己と呼べるほどの者がいるのかは解らないのだ。

二日目も、三日目も同じように金を掠め取ろうとする者ばかり。諦めて他の手を考えねばならないと思い始めた四日目、遂にそれらしい者が現れた。

「赤也の兄《にい》には可愛がって貰っています」

そう言ったのは、久助《きゅうすけ》と謂《い》う男であった。年の頃は赤也より若く二十一歳。目が円《つぶ》らで、博打うちのわりに愛嬌のある顔をしている。

「よく博打に一緒に行くのですが、ここのところ全然誘ってくれなくて。何かあったんじゃないかと思っていたところだったのです」

眉《まゆ》を八の字にする久助は、真に心配しているように見えた。平九郎はこの場では、平吉《へいきち》と偽名を用いて尋ねた。

「赤也さんとは何処《どこ》で知り合われたのです？」

平九郎は柔らかな口調で尋ねた。

「兄《にい》は俺の恩人です」

久助は二人の出逢いについて熱っぽく話した。その時の様子、口調から、赤也で間違いなさそうである。さらに久助は淀みなく、よく行く賭場、大勝した日、反対に素寒貧になるほど大負けした日、二人の思い出を滔々《とうとう》と語った。

「久助さんは本当に赤也さんと親しいようだ。百両をお預けしても構いませんか？」

「いや、そんな大金。困ります」

久助は顔の前で手を振って続けた。

「あっしは兄が心配で、何か話が聞けるんじゃあないかと思って来たんです……百両ならこの四三屋さんに預けるのは如何《いかが》ですか。兄に会えれば必ずお伝えします」

金も受け取らないということで、いよいよ赤也と近しいのだと平九郎は確信した。

「久助さん。私も心配しています。最近、何か変わったことはなかったですか？」

「変わったことですか……馬喰町《ばくろちよう》の賭場でいかさまに引っ掛かったこと……いや、そんな珍しいことじゃあねえか」

久助は首を捻《ひね》って独り言を零していたが、はっとして手を打った。

「茅町《かやちょう》の煮売り酒屋か……」

「茅町？」

平九郎が鸚鵡《おうむ》返しに訊《き》くと、久助は深く頷《うなず》いた。

「いやね。そこの女が兄のことを、別の名で呼んだのですよ」

「ほう」

「人違いされて、よっぽど気分が悪かったんでしょうね。まだ呑み始める前だってえのに金を置いて、釣りも取らずに店を出ちまったんです」

久助は身振り手振りを交えながら話した。

「へえ、何て名で呼ばれたのです？」

「何だったですかねぇ……ああ、そうだ。確か吉次だったと思います」

「なるほど」

「他にも何か言っていましたね。誰かが達者でやっているとか」

久助もうろ覚えらしく、それ以上のことはよく思い出せないらしい。平九郎は平然を装いつつ訊いた。

「その店は何処です？」

「あの辺りで美味《うま》いと評判の饅頭《まんじゅう》屋をご存じですか」

「そうです。その先を少し行ったところの煮売り酒屋です。何か関係ありそうですか？」

「梅屋《うめ》ですか」

久助は口を尖らせて心配そうに尋ねた。平九郎は眉間《みけん》に皺《しわ》を寄せて首を捻る。

「ただの人違いのような気もしますね」

「そうでしょうね」

「ともかく私は間もなく江戸を出なくてはなりません。久助さんが仰った通り、金はこの四三屋に預けておくことにします」

「そうして下さい」

久助は二度、三度頷いてみせた。

「赤也さんにお会い出来たら、平吉が感謝していたとお伝え下さい」

「解りました」

久助は最近誘いがないことを訝《いぶか》しがっているものの、このまま姿を見せないとは思ってはいない。そこまで深刻な様子はなく、納得して帰っていった。

――その女は赤也の昔を知っていると見て間違いないな。

久助の話に拠ると、その女に「吉次」と声を掛けられたのは、己が今の吉次から依頼を持ち掛けられた少し前のこと。あの日、赤也の様子がおかしく見えたのも、これが関係しているのではないか。

そして己が濱村屋の話をした時も、赤也はその一件については何も口にしなかった。その女が何か鍵を握っているような気がした。

「よろしいですか」

思案に耽《ふけ》っていると、襖《ふすま》の向こうから坊次郎が声を掛けてきた。

「ああ」

先ほどまでとは打って変わり、平九郎は低く答えて立ち上がった。襖がすうと開くと、坊次郎は目を細めて訊いた。

「手掛かりは摑めましたかな？」

「一応な。助かった。これ以上はもう無いだろう。預け先が見つかったと噂を流してくれ」

「承りました」

坊次郎は軽く会釈すると、声を落として続けた。

「恐らくお断りになると思われますが……念のためにお訊き致します。仕事をなさる気はございませんか？」

「誰かを晦《くら》ますのか」

「いえ、振《ふるい》でございます」

「俺がそのような勤めをせぬと知っているだろう」

「故に念の為……でございます。倅の方に依頼が来たのですが、此度はかなりの手練れという条件付きだったので中々見つからず、珍しく私に相談を。私も探すのに苦労をしておりまして」

「左様か。悪いな」

「いえいえ、結構でございます」

坊次郎は口角をくいと上げた。

そもそも己の勤めは人を「晦ませる」ことで、「殺める」ことではない。その途中、邪魔する者がいれば、手段として剣を用いることも辞さないだけである。それに一刻も早く赤也を見つけたい今、そのようなことに手を出している暇もなかった。

平九郎は四三屋を後にすると波積屋に向かった。久助に会って解ったことを七瀬に伝え、今後のことを諮《はか》るためである。

——お前だけじゃ無理だ。

江戸の何処かにいるはずの赤也に向け、平九郎は胸の中で呼び掛けた。今になって再び舞台に立ち、衆目の前から逃げるなど出来るはずがない。それを赤也も解っているからこそ、迷惑を掛ける前にくらまし屋を抜けようとしているのだ。

「頼ればいいものを」

平九郎は蚊の鳴くような小声で呟《つぶや》いた。かつてお春を助けようとして暴走した己に、赤也は同じことを口にした。今度は己が止める番である。

地から陽炎《かげろう》が立ち上る中、平九郎は額を伝う汗を手で拭った。

四

波積屋に暖簾《のれん》が掛かるのは未の下刻（午後三時）ほど。この時刻になると、早い者ならば仕事を終え家路に就き始めるのだ。平九郎が波積屋に着いたのは午の下刻（午後一時）の頃であった。この時刻、店開きに向けて皆が慌ただしく支度をしている。

だが平九郎が戸を開けると、茂吉と七瀬、お春までが顔を突き合わせて何かを話しているところで、支度に動いている様子はなかった。

「平さん」

七瀬の顔が強張っていることからも、何か事態が動いたのだと察した。

「何があった」

「お春が……」

七瀬が目をやると、お春が頷いて話し始めた。

「町で凄《すご》く噂になっているの」

今日、お春は買い出しのため町に出たのだが、馴染みの魚屋との世間話の中で、凄まじい勢いで広がっている噂を知ることとなった。それというのが、

――実は菊之丞が生きていて、芝居合戦に出る。

と、いうものだったのだ。

「どういうことだ……」

平九郎は絶句した。

「これって……きっと赤也さんのことだよね？」

お春は上目遣いに尋ねた。

「そうだろう。ただ何故……」

「噂になっているかね」

七瀬が話を引き取り、平九郎も頷いた。

赤也が舞台を踏むつもりだということは予測している。ただ事前にそのことを広めようとはしないだろう。合戦の相手である天王寺《てんのうじ》屋をわざわざ警戒させることにもな

るし、越後《えちご》屋が邪魔をしようと横槍を入れてくるかもしれない。知らせたところで、赤也にも濱村屋にも何ら利点がないのである。

「赤也も予想していないことが起きているのだろう」

平九郎は神妙に言った。

「それも調べないと」

七瀬もまた同じ考えらしく、続けて尋ねた。

「そっちは何か手掛かりが摑めた？」

「久助という博打仲間を見つけた。茅町の煮売り酒屋で……」

平九郎が経緯を話す間、七瀬は長い睫毛を伏せて耳を傾け、聞き終えると端的に言った。

「明日の日中、私が訪ねてみる」

「日中、か？……」

「その煮売り酒屋の女が口を割るとも限らない」

七瀬はさらに付け加えた。赤也が強く口止めをしていることもあり得るのだ。

「その時は……」

波積屋で客の相手をしている七瀬とは違う顔を見せた。覚悟が目に滲《にじ》んでいる。

「解った。俺が夜……だな」

口を割らせるため、脅すことも辞さない。その時こそ己の出番だと言うのだ。頷き合った後、七瀬は茂吉とお春に向けて言った。

「大将、お春……」

「気にするなと言ったろう。赤也の首根っこ摑まえてやりな」

「うん。締め上げてやって」

茂吉、お春の微笑《ほほえ》みが心強かった。平九郎は大きく頷いた。

「俺は一鉄に今一度会ってみる」

ここまで噂が広がってしまった今、越後屋が何かを仕掛けてくるかもしれない。そうなると赤也の身に危険が及ぶことも考えられる。一鉄ならばすでに何か摑んでいるかもしれないのだ。

——馬鹿な真似はするなよ。

心中で思い浮かべた赤也は、博打に負けて苦笑する顔でも、依頼人のためを思う真剣な顔でもない。あの日、己が晦ませた吉次の顔をしている。

五

翌日、平九郎が再び蜩《ひぐらし》屋を訪ねると、高助《たかすけ》がすぐに奥へと案内した。

「お待ち頂くよう、命《めい》を受けています」

二人きりになると高助は切り出した。己がこうして来ることを予見していたらしく、その時はすぐに駆け付けるから報せろと言われていたらしい。

「何かあったのか」

「それは御頭の口から」

高助はそう答えるだけであったが、何か事態が進展しているのは間違いない。そもそも、お春が聞きつけてくるのだから、御庭番は当然把握しているだろう。半刻（一時間）ほど待っていると、

「入るぞ」

という一鉄の声が聞こえて襖が開いた。

「赤也の件だ」

平九郎は即座に本題を切り出す。

「大事《おおごと》になったな」

一鉄は項《うなじ》を掻《か》きむしって、どかりと腰を下ろした。平九郎は立ったままであるため、自然と一鉄は見上げる恰好で続けた。

「今も方々を調べているが手が足りねえ。あと二、三日調べてこちらから報せようと思っていたところだ」

「やはり何かあったのだな」

「まず噂の出元が解った。濱村屋だ」

一鉄は結論を先に述べた上で事情を語った。

今の濱村屋の当主は吉次であるが、実際には先代の頃からの役者である将之介が取り仕切っているのは周知の事実である。将之介は芝居合戦などということになっても、

――諦めちゃならねえ。きっと勝てます。

と吉次を励まし、他の役者や奉公人たちも鼓舞して稽古を続けてきた。だが相手は当代随一の中村富十郎である。伸び盛りということもあり、吉次も日に日に目覚ましい成長を遂げているが、やはり富十郎の領域には届かないと、濱村屋の誰もが感じていた。それでも将之介は弱気を許さなかったため、早くも濱村屋に見切りをつけ、姿を消してしまう役者まで現れているらしい。

そんな時、吉次が大怪我を負った。石段で足を滑らせ、転落したということだが、

どうも吉次が自ら飛び降りたと思われるふしがあるらしい。

「芝居合戦を延期させようと考えた……」

平九郎は静かに言った。まだ大人という歳でもないのに、必死に濱村屋を守ろうとしていた吉次ならばあり得る話である。

「自分の芝居の成長に手応えは感じていたが、芝居合戦までの時が足りない。せめてあともう少し先ならば……ってところか。追い詰められていたのだろう」

だが吉次の捨て身の策も虚しく、寺社奉行は芝居合戦の延期を認めなかった。一刻も早くこの騒動を鎮めねば、自身の立場が危うくなると考えたのだろう。

ともかく吉次が舞台に立てないとなると、必然的に代役を立てねばならない。実力に雲泥の差があることは承知の上、将之介は自らが務める腹を決めたという。

だがそれから数日、将之介が突然、

——主役抜きで稽古を進める。

と、皆に告げた。

濱村屋の者たちは、初め将之介が金策に駆けまわり、稽古をしている暇がないほどなのかとか、あるいは吉次の回復に一縷の望みを懸けているのかと思ったらしい。

だが、将之介はこれまで通りの役で稽古に欠かさず参加する。吉次の怪我は素人目にも芝居合戦まで治りそうにない。

どちらにせよこの逼迫《ひっぱく》した状況の中、あまりに悠長ではないかと、将之介に迫る者も続出した。だが将之介は、

――心配するな。諦めちゃいねえ。信じてくれ。

と拝むようにして答えるのみ。

その顔は何か秘策があるというよりは、祈るように見えたという。皆が真意を教えて欲しいと言うが、将之介はそれもきっぱりと拒んだ。妻にさえ何も打ち明けていないらしい。

ただ古株の役者があることに気が付いた。同じ娘道成寺《むすめどうじょうじ》でも、主役によって微妙な違いが生まれるものである。

――立ち位置を三寸後ろに。今の台詞はあと一拍遅くしろ。

将之介の付ける稽古が、吉次に合わせたものではない。この立ち位置、この間《ま》というのは、先代である菊之丞が好んだものであったのだ。

「誰からともなく言い出した。菊之丞が実は生きているのではないか。そして此度の芝居合戦のために帰ってきてくれるのではないか……とな」

「話が飛躍し過ぎじゃあないか」

平九郎は眉間に皺を寄せた。大の大人たちが言い出すには、あまりにも突拍子がない。

「生前、菊之丞が言っていたらしい」

自らの死に姿を見せたくはない。後進が育ったならば隠居し、生まれ故郷である上方に戻ってひっそりと息を引き取るのが願いだと。故に菊之丞が死んだ姿というのも、一座の中では当時の吉次、つまり赤也、他に将之介、そして今の吉次しか見ていない。棺の中も見せぬまま弔ったらしいのだ。

生きている限り観客は菊之丞を見ることを望むだろう。隠居など許されないほどの人気だったのだ。そこで跡取りが育ったことで一芝居打ったのではないか。菊之丞は常に女の姿をしていたから、化粧を落とせば天下の往来を歩いても気づかれることもない。そのような事情が憶測の信憑性を高めた。すでに崩壊寸前の濱村屋にいる者たちの、願望も多分に含まれているだろう。

「その稽古の様子が漏れたという訳か」

「そのようだ」

一鉄は大きく頷いた。

人の口に戸は立てられぬというもの。濱村屋が主役の座を空けて稽古をしているという話は、どこからともなく漏れ出した。

そこまでするならばきっと菊之丞しかない。そういえば菊之丞の死は数人しか見ていないぞ。菊之丞は隠棲していたが、ついに見かねて復帰するのだなどと、話に尾鰭《おひれ》がついて恐ろしいほどの速さで広まったというのが真相だった。

「恐らく赤也は、将之介だけには伝えたのだろう」

平九郎は赤也の胸中に想いを馳せながら言った。

一つの芝居をやり遂げようと思えば、主役の他にも役者や黒子がいる。いきなり飛び込んだところで流石に上手くいかない。だが己が生きているということが知られる訳にもいかず、将之介にだけ伝え、他には一切口外しないように頼んだのではないか。

「赤也は見つかったか?」

一鉄の問いに、平九郎は首を横に振った。

「いいや、まだだ」

「俺たちも捜してはいるが網に掛からない。恐らくは……」

「変装しているのだろうな」

赤也の変装の技術は並ではない。たとえ仲間である己がすれ違っても一目で見抜けるか怪しいものである。これが赤也の捜索をより困難にしているのだ。

「そしてこの噂のせいで動いたところが二つある」

指を二本立てた一鉄の顔が引き締まっている。それだけで事態が深刻なことが解った。一鉄が一層声を潜めて語るのを、平九郎は息を整えつつ耳を傾けた。

六

篠崎瀬兵衛《しのざきせへえ》はお役目を終えて帰路に就いていた。三日に一度は駒木野《こまぎの》の関所に足を運び、通った者の名の記された帳面に目を通すのである。その中に不審な者がいれば、下役や宿役人《しゅくやくにん》からの聞き取りも欠かすことはない。

「何か気になられましたか？」

脇から尋ねたのは、下役の猪原新右衛門《いのはらしんえもん》である。まだ若く粗削りであるが、お役目に熱心で見所がある。故に常に同伴し、手元で育てながら己の補佐をさせていた。

「いや……な」

先ほど見た帳面の中に、信濃高島藩士《しなのたかしま》の名があった。その男の背格好、身形《みなり》、言葉遣いなどを特に念入りに聞き取っていた。新右衛門はそのことを言っているのだ。

「くらまし屋ですか」

新右衛門は続けて言った。己が口籠ったことから察したらしい。このところずっと、己がくらまし屋を気に掛けていることを新右衛門は知っている。新右衛門もまた高尾《たかお》山《さん》で、そして松平武元《まつだいらたけちか》が一日失踪した事件において、くらまし屋を目撃している。

「まあ、そうだ」

昨年、手配中の万次《まんじ》と喜八《きはち》という二人のやくざ者が江戸を抜けようとした。瀬兵衛は板橋宿《いたばしじゅく》に派されていた。

駕籠《かご》に乗った姫と、二人の高島藩士の一行が目の前を通った。その時の駕籠かきが二人のやくざ者、そして手助けしていたのが、くらまし屋であったのは間違いない。それが己と奴らとの初めての邂逅《かいこう》であった。また同じ手を使うとは思えないが、それでも時折、思い出してしまうのだ。そのことを告げると、新右衛門は眉を八の字にして唸った。

「奴らは何が目的なのでしょう」

「裏稼業の者とあれば、やはり金と考えるのが自然だろう」

「そのために命を懸けるのは、割に合わないと思いますがね。幾ら贅沢《ぜいたく》出来ようが死んでしまっては意味がありません」

新右衛門は苦笑してこちらを見た。

「裏稼業の者などそのようなものだ。反対に我らのことを、お役目のために命を賭すなど正気ではないと思っているだろう」

とは言うものの、瀬兵衛は奴らが金のためだけに動いているとは思っていなかった。同じ金を稼ぐならば、人を晦ますなどという大掛かりなことをするより、殺しの依頼を受けてしまえばよいのだ。

くらまし屋の一人、長身の剣客が凄まじい達人だということを瀬兵衛はこの目で見ていた。

さらに依頼金が幾らかはともかく、前回の武元を失踪させた時などは、偽の大名行列を一つ仕立ててまで晦ました。相当な金が掛かっていることは間違いない。稼ぐためだけならば回りくどい稼業であろう。

「つい先日も遅くまで残っておられましたが……」

「家にはお役目のことを持ち込みたくないからな」

「お内儀に心配を掛けてしまいますからね」

瀬兵衛の妻、お妙《たえ》の父、つまり己の義父、唸岡彦六《うなおかひころく》も道中奉行配下の役人であった。だが旗本と口論の末に斬られて死んでいる。故に昔は何をおいてもお役目が一番であったが、お妙と夫婦になった今は心配を掛けぬよう、

――ほどほどに。

と、お役目に熱を入れぬように努めて来た。

もっともお役目を疎《おろそ》かにしている訳ではなく、危険なことには深く踏み込まぬようにしているだけなのだが、昔はあまりに苛烈に下手人を追い詰めることから、同輩からは「路狼《みちおおかみ》」などと呼ばれていたこともあり、今の瀬兵衛の変わりように昼行燈と揶《や》揄《ゆ》する者も多い。

そんな己がくらまし屋と出逢ってから、徐々に元の己を取り戻しつつあると感じている。いや、日頃のお役目に対してはさして変化はない。くらまし屋のことだけが、どうしても頭から離れないのである。

「新たなことが一つ解った」

瀬兵衛は常と変わらぬ、やや呑気《のんき》な口調で言った。

新右衛門が言うところの、遅くまで残っていた日。瀬兵衛は二十数通の書状に目を通していた。件のくらまし屋の剣客は、刀を振るう時にわざわざ流派や、技らしき名を口にしていた。それがかなり多岐に亘《わた》るのだ。それほど複数の流派を修めた者など聞いたことはない。

そこに手掛かりがあるのではないかと、江戸中の道場に訊いて回るだけでなく、伝《つ》手《て》を辿り、江戸以外の著名な道場主にも書状でもって尋ねた。それが一通り出揃ったことで、改めて全てに目を通していたのだ。

「それは？」

新右衛門の顔を見れば、興味があるというのはすぐに解る。高尾山の事件の折、新右衛門ははからずも、くらまし屋の剣客に命を救われた。以来、新右衛門も何か惹かれるものがあるらしい。

「恐らく、あの剣客は井蛙《せいあ》流とのことだ」

井蛙流は、雖井蛙《せいあ》流とも謂う。その祖は深尾《ふかお》角馬《かくま》と謂う男で、新陰《しんかげ》流、岩《がん》流、丹石《たんせき》流、神道《しんとう》流、タイ捨流のほか、去水《きょすい》流、卜伝《ぼくでん》流、戸田《とだ》流、東軍《とうぐん》流などの多くの諸流派を修めた上、編み出したとされている。

——井の中の蛙《かわず》と雖《いえど》も大海を知らざるべけんや。

との意から、その流派の名を付けたらしい。

「では、あの口にしていた流派ははったりということですか」

「いや、井蛙流は相手の技を模倣して取り込む」

「そんな馬鹿な。私も井蛙流は耳にしたことがありますが、そのような話はとんと聞きませんよ」

新右衛門は信じられないというように目を見張った。

「井蛙流には表裏があるらしい」

「表裏？」

新右衛門の鸚鵡返しの問いに、瀬兵衛は頷いた。

「井蛙流は鳥取藩で盛んな流派だが、伝わっているものは『表』に当たる」

祖の深尾は修めて来た流派の「良きところ」をとり、井蛙流を編み出した。とはいえ完璧な流派などない。広い屋外だからこそ存分に力を発揮出来る流派もあれば、狭き屋内で威力を発揮する流派もある。動きが少なく過酷な夏でも体力を削られない流派もあれば、反対に動きが少ないために冬が生む強張りに影響を受ける流派もある。また流派どうしの相性も存在する。何か一つの型を作ることは、常に弱点を孕《はら》むことにもなるのだ。

——ならば天地人に合わせて変幻自在に剣を振るえばよい。

深尾はそのように考えた。

一つの流派を生み出すために多くの流派を学んできたが、敢えてそれを統合せず、自在に切り替えて使うというのだ。

「型が無いのが型……それが真の井蛙流だという」

瀬兵衛はそう口にしながらも、まだ半信半疑であった。とはいえ無数の技を習得し、それを自在に操るなど常人ならば人生が何度あっても足りない。深尾も生涯において、己以外にそれを成し遂げられる者と出逢わぬまま死んだ。よって先に形となった部分が「表」の井蛙流として伝わり、それぞれの流派を駆使するのは「裏」の井蛙流とされた。様々な流派を駆使するという性質上、極めることは困難である。幾ら強くとも学べぬ剣ならば、そちらを本道とすることが出来なかったのだろう。

それに、深尾が様々な流派の技を使うのは確かだが、門弟の誰もが矢継ぎ早に繰り出すところを見たことがなかった。この泰平の世、実戦など皆無なのだから仕方のないことかもしれない。

そのような理由から、深尾が世を去ると、「裏」の存在など眉唾ではないかと、皆が心の何処かで思うようになった。

「やはりただの伝説では？」

新右衛門も怪訝《けげん》そうに尋ねた。

「今から三十年ほど前。そのいわゆる『裏』をしてのけた者がいるという」

その男、鳥取藩の下士で名を磯江《いそえ》某と謂う。幼い頃から剣に天賦の才を見せ、二十歳を過ぎた頃には、藩で敵う者がいないほどの達人となった。さらにそれから数年後、

——なるほど。ようやく解った。

と言い、他流派の技を次々に繰り出して驚かせた。それは藩主の耳にも届き、剣術指南役に取り立てようとしたが、磯江は謹んでそれを辞退した。磯江いわく、

――井蛙流はこれで完成ではなく、これが始まりなのです。

井蛙流の真の境地は他流の技を模倣する。裏を返せば模倣出来る技がなければならない。しかし、鳥取藩内で見られる流派などは限りがあるため、武者修行に出たいと申し出たのだ。藩主もそれは尤もと、三年後に戻ることを条件に磯江の申し出を許した。

三年後、磯江は約束通り鳥取へと戻って来た。その時、道場で藩士たちと立ち合ったが、その強さは尋常の域を遥かに超えていたという。

――十人ほどいっぺんに来たらどうだ。

磯江は白い歯を覗かせた。もともと豪放磊落《ごうほうらいらく》な性質であったらしく、嫌な感情を抱く者は皆無であった。それに驕《おご》りではないことは、それまでの圧倒的な実力から窺《うかが》えた。

「十人がかりでも……？」

新右衛門は喉を鳴らした。

「あっという間に勝ってみせたという」

間を置かず瀬兵衛は答えた。

圧倒的な強さを備えて戻って来た磯江を、藩主は今度こそ指南役にしようとした。

だが磯江は再び辞退した。自らを磨くために様々な流派の達人と立ち合ったが、

――己はまだまだ井の中の蛙。

に過ぎないという。あと三年、いや二年でもいいから諸国を歩いて修行させて欲しい。それで一つの境地に達せられると頼んだ。三年でここまで成長した磯江がそう言うのだ。期待してしまうのも無理はなかろう。あと二年という条件付きで許され、磯江は鳥取から旅立っていった。

「だがそれ以降、磯江は戻らず誰も見ていない」

出奔したのか、あるいは他流の技を奪う過程において、より高みにある達人と刃を交えて果てたのか。当初は鳥取藩も捜したが、時が経つにつれて口の端にも上らなくなった。戻って来た時に見た磯江の強さはすでに人外のもので、その存在そのものが夢であったといっても違和感がないほどだったという。

「それが、くらまし屋……」

「いや、あの男は三十路というところ。歳が合わぬ」

「では」

「その子。あるいは弟子ではないかと俺は見ている」

瀬兵衛がそう推察したのには訳がある。

鳥取に一時戻って来た時、磯江は親しい幼馴染に話していたことがある。あと二年もすれば剣術指南役となり、多少なりとも役料が出る。多くの弟子にも囲まれるだろう。そんなお前が羨ましくも誇りであると幼馴染が言うと、だが磯江は己にはその気がないと、こっそり教えてくれたという。

——井蛙流をまだ極めてはいない。

と。それがいわゆる「裏」のことであった。幼馴染はまだ途中とて、それも含めて教えればよいと勧めた。すると磯江は苦笑して、

——無理だ。

と、首を横に振ったという。

井蛙流の「裏」は教えれば出来るというものではない。特異な目を持って生まれ、かつ剣の才を有している必要がある。そんな者が弛《たゆ》まぬ努力をしてようやく身に付けられるというのだ。故に指南役になっても、悪いが教えられそうな者はいないと話したそうである。

ここまで学んで来て誰にも伝えられぬまま、また消えていくのか。実に勿体《もったい》ないと

幼馴染は溜息を漏らした。すると磯江は、

――いや、一人だけ弟子を取った。いや、弟子というものでもないか。

と、ぶつぶつ独り言ち、顎《ご》に手を添えて首を捻っていたという。

「その幼馴染はまだ鳥取にて健在だ。伝手を辿って書簡のやり取りをして聞いたから間違いない」

「その弟子が……」

「俺はくらまし屋だと見ている。磯江が肥後《ひご》にいた頃の話だと語っていたのも、よく覚えておられた」

「くらまし屋は肥後の産ということで」

「まだ解らぬ。今後詳しく調べるつもりだ」

瀬兵衛が言うと、新右衛門は感嘆の声を上げた。

「そこまで迫るなんて、流石は路狼ですな」

「まだまだだ」

謙遜《けんそん》ではない。磯江は失踪したままでその生死も不明である。一人、弟子と思しき者がいるのは確かだが、それ以降に他に弟子を取ったことも考えられる。まだ一つの手掛かりといった程度でしかなかった。

「それよりも早く迫れる線がある」

くらまし屋は少なくとも三人。その達人の剣客、若い男、そして女。初めは、くらまし屋は剣客一人で、他はその手下だと思った。だが松平武元が失踪した時、その傍に少なくともあの剣客はいなかった。他に武元を託せるほど信頼出来る者がいることも考えられるが、状況からして若い男、女が付き添っていたと見るほうが自然だろう。これまで依頼を一度もしくじったことのない、くらまし屋なのだ。二人を信用しているというより、三人でくらまし屋と見てよいのではないか。

ならば残る二人の素性から、くらまし屋に迫ることも可能なはずだった。今のところ女に関しては何も解っていない。敢えていうならば、家老の娘を演じていた時に全く違和感がなかったということか。幾ら練習しても町娘には出せぬ気品のようなものが滲み出ていた。

「あの若い男のほうですね」

新右衛門の言葉に、瀬兵衛は頷いた。このことはすでに新右衛門にも打ち明けてある。くらまし屋に迫るには剣客でもなく、女でもない。今のところはもう一人の男が最も近道ではないかと勘が働いている。

「やはり、あのような凄まじい変装が出来る者などそうはいまい」

服装や声色は勿論、相貌や体形までが変わっていた。幾多の関所破りを捕らえて来た己が見逃すほどの変装である。舌を巻いた瀬兵衛だが、逆にそれが大きな手掛かりとなった。別人に見紛うほどの変装の技があり、かつ行方知れずとなっている者はいないかと考えたのだ。そして一人、それに符合する者が見つかった。

「濱村屋の死んだ二代目吉次。これが匂う」

濱村屋といえば真っ先に思い浮かぶのが瀬川《せがわ》菊之丞である。舞台の上だけでなく、日頃から女の姿を保っており、それを生涯貫いたことでも有名であった。

その後継ぎと目されていたのが吉次と謂う男。これは菊之丞と異なり常に女装していた訳ではない。どのような役でも変幻自在にこなすだけでなく、その都度に合わせて顔や体形までが変わると一部で評判を呼んだ。それほどまで卓越した演じ分けをしたのに、何故一部の者のあいだでしか話題にならなかったのか。そのあまりの変貌ぶりに別人が演じていると思う者が多かったためらしい。

菊之丞は様々な演目の主役を務める。当然それぞれの演目に重要な脇役がいるが、菊之丞が他界する数年前からは、大きい舞台はその吉次が務めていたらしい。菊之丞の後継ぎであると将来を嘱望されてもいた。

が、菊之丞が他界して間もなく、その吉次も何者かに斬られるという事件が起こった。下手人は捕まっておらず、しかも奇妙なことに吉次の骸《むくろ》も未だに見つかっていない。では何故、斬られたと解るかといえば、吉次の知人たちがその一部始終を見ていたというのだ。ここまで行きついた瀬兵衛は、上役を通して奉行所に申し入れ、当時の記録を見せて貰った。

――川に落ちたのを見たのが最後……か。

つい最近、繋がりを感じる事件があった。寄木細工職人の和太郎《わたろう》という男が橋の上で自ら火をつけ、川に落ちたのだ。骸は見つからなかった。そして、その和太郎、何故か江戸から九里離れた上尾《あげお》宿で死人となって発見されたのである。

和太郎はくらまし屋に依頼して晦まして貰ったものの、逃げる途中に何らかで揉めて殺されたのだと瀬兵衛は見ている。川に落ちて行方知れずとする手口。吉次の一件にもくらまし屋が絡んでいるという確信を強めた。

となると、くらまし屋は少なくとも四年前から暗躍していることになる。ここからは特に推測の域を出ないが、当初は剣客だけ、あるいは剣客と女の二人でくらまし屋であった。だが吉次の変装の力に目を付け、仲間に引き込んだのではないか。

仮にそうだったとすれば、吉次は江戸で暮らしていたことは確かであるため、知人も少なからずいるだろうし、こちらのほうが手掛かりも多いと見ている。故に瀬兵衛は彼こそ、くらまし屋に迫る本命だと考えていた。

「濱村屋の者は、吉次は死んだの一点張りだったが……」

すでに瀬兵衛は濱村屋にも聴き取りを行っていた。だが濱村屋の者は何も知らず、こちらが吉次は実は生きているのではないかというと、むしろ吃驚《びっくり》していたほどである。

それに加えて、今の濱村屋の一切を預かる将之介という男には、あからさまに迷惑な顔もされた。吉次は菊之丞と名乗る前の名であり、後継ぎであることを示す名でもあった。その二代目が斬られて骸も見つからぬというのでは縁起が悪い。今の吉次は実際には三代目に当たるのだが、何事もなかったかのように二代目を名乗らせることにした。

人は他人のことなどすぐに忘れるものである。故に初めは気にしていた者もいただろうが、すっかり今の吉次が二代目として通るようになっているのだ。そのような事情から、濱村屋としては今更過去をほじくり返されたくないのだろう。

「やはりそちらから当たるのが……」

などと、道中もずっとお役目の話をし、瀬兵衛と新右衛門は江戸へと戻った。

陽は傾いており、連なる屋根が淡い茜《あかね》に染まっている。仕事を終えた人々が散るように家路に就く。この光景を見るたびに、江戸にはこれほどの人がいるのかと驚かされる。

江戸からは幾つもの道が枝のように分かれており、毎年、毎月、毎日、多くの人が流れ込み、あるいは流れ出ていく。その中にはいわゆる悪人も紛れ込んでいるだろう。それを未然に一人でも多く止めるのが道中奉行配下の使命で、ひいては江戸の日常を守っていることになると思えば、身が引き締まる。

「役宅に戻る暇はなさそうだ」

役宅といっても小さな家である。道中奉行はその任務の範囲の広大さ、重要さの割に配下の者が少なく、奉行も勘定奉行や大目付との兼任が慣習となっており、正式な役宅も存在しない。ただそれではお役目が捗《はかど》らないため、奉行が個人で借り受けるという名目で、小さな家が数か所にあった。この時刻だと役宅に戻っても、大した仕事は出来ない。己たちも家路に就こうかという時、

「猪原様」

と、茶屋の女将《おかみ》が声を掛けて来た。ここの餡餅《あんもち》が気に入りで、新右衛門はこれまで何度か足を運んでいたらしい。

「店仕舞いですか」

新右衛門がにこやかに応じる。女将は立て掛けていた幟《のぼり》を手に持ったところだったのだ。

「そうしようかと。まだ幾つかありますが、如何ですか？」

構わぬかと目配せする新右衛門に、瀬兵衛も微笑《ほほえ》んで頷いた。こうして人々と心を通わせるのも、道中奉行配下として大切なことである。そうすることで些細な話も引き出せる。新右衛門は独特の愛嬌があり、人に気に入られる性質である。もっとも当人はお役目のためなどと意識していないからこそ、人の懐に飛び込めるのかもしれない。

「先にお代を……」

「ここは私が」

瀬兵衛が財布を開こうとすると、餅を運んできた女将は首を横に振った。

「どうせ捨てちまうんだもの。お代はいいですよ」

「そういう訳にはいきませんよ」

新右衛門は言うが、女将は茶目っけたっぷりに笑った。

「道中奉行様の御配下なのだから、道々で江戸に来た時にはうちの餡餅が美味いと言い触らして下さい」

「一本取られました。商売上手なんですから。すでにお役目とは別に、そう言い触らしていますよ」

「ありがとうございます」

これ以上の遠慮はかえって失礼になると思ったようで、新右衛門はにこりと笑って餅にかぶりついた。

「やはり美味い。篠崎様も食べてみて下さい」

「どれどれ。なるほど。よい塩梅だ」

瀬兵衛も餅を頬張って唸ると、女将は嬉しそうに頬を緩めた。

「今日も沢山歩かれたのでしょう。疲れた時には甘いものが一番ですから」

新右衛門から聞いたのであろう。道中奉行配下が歩きどおしのお役目だということは女将も解っているらしい。

「最近、女将はどうだい?」

新右衛門は自然に話を振った。それもお役目を意図してのことではないだろう。

「儲《もう》かりもせず、貧しいわけでもない。何も変わりませんね」

「それが最も良いことだと思います」

「でも一つ、楽しみが」

「楽しみ？」

新右衛門は残る餅を口に入れて首を捻った。

「今度、湯島《ゆしま》まで芝居見物に行くのです」

「ああ、芝居合戦ですか」

新右衛門は得心したように膝を手で打った。ここのところどこへ行ってもこの話で持ち切りで、瀬兵衛の耳にもしっかり届いていた。

「女将は芝居が好きだったので？」

新右衛門は重ねて尋ねた。

「昔は贔屓《ひいき》の役者さんがいてよく行ったものですが、最近はとんとね」

「久々に血が騒いだということですか」

芝居合戦などこれまで聞いたこともない。何でも娘道成寺なる演目を巡って、濱村屋と天王寺屋が揉めたことが発端らしいが、管轄する寺社奉行もよく許したものだと、話を聞いた時に瀬兵衛は思っていた。何か裏があるのかもしれないが、流石にこの件とくらまし屋は無関係であろうと調べてはいない。

「いえ、芝居合戦云々でも興味はそそられやしなかったんですがね」

「では何故？」

「何と、その贔屓にしていた役者さんが五年ぶりに出るらしいのですよ」

女将は娘のように目を輝かせた。

「へえ。引退されていたってことですか」

相槌《あいづち》を打つ新右衛門に対し、女将は強く首を横に振った。

「死んだと聞かされていたんです」

「え……」

「噂だと死んだことにして何処かで余生を送っていたらしいんです。でも濱村屋の危機に、今一度立ち上がった……それで痺《しび》れない人がいますか？　朝七つから駆けつけようって訳です」

「女将、今濱村屋の危機と言ったね」

瀬兵衛が身を乗り出したので、女将は少し気圧されたように頷く。

「ええ、はい」

「つまりその者はかつて濱村屋にいた役者」

「その通りです」

「吉次ではないか」

「吉次……？　そりゃあ今の御当主でしょう」

「違う。昔にいたはずだ。他に吉次を名乗る役者が」

「えーと……はいはい。いました。様々な脇役を務めていた人。でもあの人は酒癖が悪く、濱村屋さんの金を盗んで逐電したという噂じゃあ……」

「また噂か」

「え？」

「いや、何でもない」

噂、噂、噂。何一つ確証のないことでも、その一言を添えるだけで責任を負う必要がなく、心が軽くなるのであろうか。江戸の町には無限の噂が飛び交っている。少なくとも濱村屋に聞き取ったところでは、そのような話はまったく出なかったのに、いつのまにか話が独り歩きして変わってしまっているのも、多くの人々の口を経てきたからであろう。噂とはそのように頼りないものである。だが性質が悪いのは、その噂の中に、砂粒ほどの真実が紛れていることもあるのだ。そしてそれは得てして、くらまし屋が存在するといったように、最も嘘らしい顔をしているものである。

「では、誰だ」

「聞いて驚かないで下さい。あの瀬川菊之丞です」

「何……」

瀬兵衛は新右衛門と顔を見合わせた。

瀬川菊之丞が死んだというのは間違いない。菊之丞は胸の痛みを訴え、その日のうちに亡くなった。著名な役者で、十分な遺産もあることで、事件という線も考えられると奉行所まで動いている。菊之丞は素顔を見られたくないと言い残しており、骸は化粧を落としていなかった。だが近づけば年の頃も解るし、目鼻立ちも間違いない。何より濱村屋の者の大半は哀しみに暮れていた。奉行所はよくよく調べた上で、事件ではないと書類に書き残していたのだ。状況から見れば死んだ振りをしてやり過ごしたとは思えない。

「まさか……」

菊之丞でないというならば誰か。瀬兵衛の脳裏に閃《ひらめ》くものがあった。新右衛門も気づいたらしく神妙な顔付きになっている。

「あり得ます」

「だが、そんな依頼を受けるのか」

「解りません。しかもそれも吉次が一味の一人という前提の話です」

二人のやり取りを見ていた女将が首を捻る。

「何の話です?」

「いや、こちらの話だ。女将、その菊之丞が戻って来るという話の出所。何処か解るか」

「菜売りの半吉《はんきち》という人から聞いたのです。半吉は魚屋の七兵衛《しちべえ》からと言っていましたかね……」

これは辿るとなるとかなり骨が折れそうである。少なくともすでに町中に噂が広まっていることだけは間違いない。

「解った。馳走になった」

「女将、また」

瀬兵衛が切り上げるのに合わせ、新右衛門も腰を上げた。どちらからともなく浅草《あさくさ》の方へと足が向く。どうも今日はまだ帰れそうにない。日々のお役目も蔑《ないがし》ろには出来ぬため、明日からも忙しい日々が続くだろう。

「篠崎様……」

「ああ、恐らくは吉次のほうだろう」

菊之丞の死はほぼ間違いない。不確かなのはやはり鎧の渡しで斬られたという吉次。この噂の中に真実が混ざっているというのならば、この吉次が菊之丞を装って舞台に現れるのではないか。そしてその吉次が、真にくらまし屋の一人だったとすれば、

「捕まえるまたとない好機だ」

瀬兵衛が言うと、新右衛門も頷く。家路に就く人々の波を縫い、二人はさらに足を速めた。目指す先はすでに決まっている。浅草三間町《さんげんちょう》にある濱村屋である。

第六章　おんなの矜持

一

初谷男吏《はつがやだんり》が神田橋《かんだばし》御門外、四軒町《しけんちょう》にある灰谷屋《はいたに》を訪ねたのは、葉月《はづき》（八月）に入って間もなくの夕刻のことであった。灰谷屋は木綿問屋として繁盛しており、その主人を清吾郎《せいごろう》と謂《い》う。だが裏の顔は虚《うつろ》の首魁からの意を伝える取次役で、名も金五郎《きんごろう》と謂うのだ。

男吏は編笠を目深に被っている。高尾山《たかおさん》で阿部将翁《あべしょうおう》の強奪を図り、牢屋敷の襲撃、挙句の果てには老中松平武元《まつだいらたけちか》の誘拐を企てたため、今や天下のお尋ね者なのだ。そろそろ予定の時刻ということで、表には金五郎の姿もあった。

「奥へ。奉公人たちには客だと話しています」

金五郎は低く言った。灰谷屋には常時十数人の奉公人が働いているが、その誰もが虚には関与していない。知らぬのだから怪しいところは微塵《みじん》もなく、幕府の密偵にも気付かれないでいる。

それに金五郎から漏れるということはない。この男は二つの人格があるのではないかというほど表と裏の顔を使い分けているし、万が一露見しても舌を噛《か》み切って死ぬだろうと思わせる凄《すご》みがある。

「お前もか」

部屋の襖《ふすま》を開けるなり、男吏は舌打ちをした。そこには壁にもたれかかるようにして座る阿久多《あくた》の姿があったのだ。

「こんなに慕っているのに、毎度つれないこと」

「黙れ」

男吏はどかりと腰を下ろすと、膝を折る金五郎に向けて続けた。

「惣一郎《そういちろう》を戻せ」

「今少し掛かりますな」

金五郎は鷹揚《おうよう》に首を横に振った。

「私では不足かしら？」

横からまた阿久多が口を挟んだ。

「煩《うるさ》い」

「まあ」

「腕は認めている」

「嬉しい」

阿久多は鉄漿《おはぐろ》の歯をにっと覗《のぞ》かせた。

武を用いて裏の勤めを成す者を暗語で「振《ふるい》」と謂う。この阿久多はかつて、いや今も最強の振と呼ばれている。男のくせに女の恰好をし、このようにしっかりと鉄漿まで塗っていることから、

――鉄漿阿久多。

と、呼ばれ暗黒街では恐れられているのだ。

「だがお前の仕事は目立ち過ぎる」

阿久多の得物は槍の如き柄のついた大鎌。集団を相手に戦うのなら無双の強さであることは、牢屋敷襲撃の時に男吏も見ている。だが如何せんあまりに目立つ。剣を遣う惣一郎のほうが暗殺向きに違いない。それとやはり反りが合わない。だがそれを口に出せば、また阿久多が絡んで来るのも面倒で口を噤《つぐ》んだ。

「惣一郎は何をしている？　夢の国……でな」

虚が「夢の国」と呼ぶ地が何処《どこ》にあるのか、男吏も聞かされていない。惣一郎は謹

慎も兼ねてそちらに行かされているのだ。ただ金五郎のかつての口ぶりから、何か惣一郎にやらせたいことがあるのは解っていた。

「それは……また今度」

「すでに俺は幕吏でもない。そこまで信用出来ぬなら降りてもよいのだぞ」

「幕吏でもなく、しかもお尋ね者。行く当てなどないかと」

金五郎はにんまりと笑って見せた。

「別に何をしても生きていけるさ」

男吏が怯《ひる》まずに言い返すと、金五郎は深い溜息を漏らした。

「よろしい。夢の国には敵がいるのです」

「敵……誰だ」

「幕府ではないとだけ言わせて貰います。ただ我らの国を持つためには、戦わねばならぬ者がいます。それも二つの勢力」

金五郎は指を二本立てて続ける。

「そのうちの一つの勢力に、凄《すさ》まじい手練れがいます。それを……」

「惣一郎に仕留めさせるという訳か」

金五郎はこくりと頷いたが、それ以上は頑として語らぬ構えを見せた。

「まあ、よい」

男吏はすぐに引き下がった。やらせたいというのが面倒なことなどでないのなら、幾ら強者といえども、惣一郎が敗れるはずはない。あの若者の神懸《が》かった強さは、勧誘した己が最も知っている。

「で、今日は何だ？」

男吏が訊《き》くと、金五郎は手を合わせて語り始めた。

「御館様から仕事を申し付けられました」

「殺しか」

「殺さずともよいかもしれません。そうなれば儲《もう》けものです」

金五郎の奇妙な言い回しに男吏は首を捻《ひね》った。

「芝居合戦の話はご存知ですか？」

そう金五郎は続けた。お尋ね者の身であるため男吏は殆《ほとん》ど外に出ておらず、そうでなくとも人と多く関わり合いを持つ性質ではないため初耳であった。一方、阿久多は聞き及んでいたらしい。

「その件に纏《まつ》わるのです」

金五郎は芝居合戦に至るまでの次第を滔々《とうとう》と語った。全てを聞き終えた後、男吏は顎に手を添えて唸《うな》った。

「実は菊之丞《きくのじよう》が生きており、濱村屋《はまむら》に復帰するかもしれぬという訳だな」

「ただの下らぬ噂かもしれませんが、芝居合戦を企てた越後屋《えちご》としては気が気でない……と」

これも初めて聞いたが、天下の三大富商に数えられる越後屋は虚を、厳密に言えば御館様を手厚く支援しているらしい。この後も越後屋の財力には助けられることになるだろうし、同じく三大富商で御館様と対立している大丸《だいまる》の力を削ぐのは肝要だという。

「そのような大きな話が、たかだか芝居に掛かっているとはな」

芝居などに興味がない男吏は苦笑した。

「初めは裏の口入れ屋に頼んだそうですが、よき者が摑《つか》まらなかったらしく。故に越後屋は御館様を頼り、御館様が我らに命じられたという訳です」

「なるほど。だからこそただの噂ならば、殺す必要もない。そもそも死人を殺せぬということか」

「左様。ただ真ならば、標的も護衛を付けるかもしれない。確実に仕留められる腕の者が欲しいと。故に何やら裏にかなり複雑な事情がありそうで、この件をお二人にやって頂きたいと――」

「嫌」

金五郎が最後まで言うより早く、阿久多がぴしゃりと断った。これは意外なことで男吏だけでなく、金五郎までが目を丸くして驚いている。

「何故です？」

「芝居合戦のことは耳にしていたけど、瀬川《せがわ》菊之丞云々は初めて聞いたわ」

「ほう。それで」

「だから嫌なの。あの菊之丞が生きているかもしれないのでしょう」

「まあ、真かどうかは解りませんが……それが何故、嫌なのです」

「もしそうなら観たいから」

阿久多は掌《てのひら》を合わせて目を輝かせた。これまた意外な理由に金五郎は顔を顰《しか》める。

阿久多は目を細めて続けた。

「私は生まれた時から、ずっと心は女。でもそんな奴がどんな仕打ちを受けるか想像出来るでしょう」

「ええ……」

「醜いと言われ続け、必死に綺麗になろうとした。でも無理かもしれない……そう思い始めた時に観たのが、瀬川菊之丞の舞台だったの」

阿久多はその美しさ、妖艶さにすぐに心を奪われた。さらに後に菊之丞は日常も女の姿で通していると聞いた。菊之丞は仕事かもしれないが、それでもその覚悟の強さに心底惚れたという。それと同時に、軋轢《あつれき》を避けるために男の姿をする己の弱さを思い知らされた。以後、阿久多は己に正直に生きると決め、如何なる時も女の形《なり》を貫いているというのだ。


「私にとって瀬川菊之丞は神も同然」

阿久多のその想いを知らなかったのだろう。金五郎は己の不覚を悟ったように下唇を噛んだ。


「ぬかったな。俺たちは駒じゃあない」

男吏は鼻を鳴らした。それぞれに生き方の流儀というものがある。それはその道で一流とされる者ほどえてして強い。別に阿久多の肩を持つわけではないが、自らの矜持《きょう じ》を曲げてまで命《めい》に従う必要はない。己もまた同じ考えである。阿久多のそれを理解していなかった金五郎に落ち度がある。


「どうにもなりませんか」

金五郎は呻《うめ》くように訊いた。

「無駄。私は観に行くもの」

阿久多は取り付く島もない口ぶりで答えた。

「仕方ないですね……」

金五郎は舐《な》めるように己を見た。己は武の心得はないに等しく、惣一郎や阿久多の足下にも及ばない。だが、毒を用いた奇襲という手はある。故にもともとは阿久多の目付け役のつもりで呼んだのだろうが、己に出来ないかと目で訴えているのだ。

「俺も断わろうか」

男吏は再び鼻を鳴らした。

「何故？」

「気乗りしない」

「私のために……」

阿久多は口に手を当てて熱っぽい眼差《まなざ》しを向けた。

「違う。人の断わったものを受けるほど落ちぶれちゃあいない。そもそも俺の本分でもない」

男吏は鬢《びん》を撫《な》ぜながら低く言った。

「格好いい」

「黙れ」

「でも好き」

「煩い」

矢継ぎ早なやり取りの中、金五郎は呆れたように溜息を吐いた。

「解りました。ではこの話はなかったことに」

「待て」

打ち切って腰を上げようとする金五郎を、男吏は手で制した。

「気が変わられましたかな」

「いや、お前にしては諦めがよいな」

「無理強いはしない性質ですので」

「嘘を吐け」

男吏は憫笑《びんしょう》した。阿久多はどういうことか解らないようで、己と金五郎を交互に見ている。

「阿久多、もう少しここに居座るか。面白いものが見れそうだ」

金五郎の瞼《まぶた》が微かに動く。左足の親指も。首の筋も僅かに浮いている。

「お引き取りを」

「なるほど。他に手を打っているな」

「何を……」

「来るのか」

男吏が核心に迫ると、金五郎は再び腰を落ち着けた。

「男吏さんに咎《とが》められることではないと思いますがね」

「別に咎めるつもりはない」

「では何故です？」

「舐めたことを言っているそうじゃねえか。その面、久々に拝んでやろうと思ってな」

思わず伝法な口調が出た。男吏のお役目であった牢問役人は武士として最下級。町人と交わることのほうが多く、どちらかといえばこちらが地の話し方である。

「舐めたこと？」

「俺と惣一郎より、いい仕事をするって嘯《うそぶ》いているってな」

「ああ、なるほど」

阿久多も誰のことを話しているかようやく解ったようで、尖った顎を上下に振った。

「でも、それ私も言っているわよ」

阿久多は眉間《みけん》に小さな皺《しわ》を浮かべた。

「お前は惣一郎に『負けない』だろう。奴は惣一郎など『いらない』だ」

「なるほど」

「些細《ささい》なことに拘《こだわ》られるのですね」

今度は金五郎が嘲りの笑いを向けた。

「その拘りが仕事のこつだ」

男吏は腕を組んで不敵に片笑んだ。暫《しば》し無言の時が流れた後、廊下を歩く跫音《あしおと》が聞こえはじめた。まるで地響きのような音で、近づくにつれて微かに畳が震えるのも感じる。襖が勢いよく開くと同時、男吏は軽い調子で言った。

「よう」

そこに立っているのは身の丈六尺を超える大男である。衣服の上からでも肩や胸が異様に盛り上がっているのが見て取れる。

顔もそれに比例して大きく、爛々《らんらん》と光る双眸、頬骨は突き出しており、鼻も赤子の拳ほど。一見すると巌の如き印象である。さらに泰平の世には極めて珍しい虎鬚《とらひげ》を蓄えているのが、異様さをさらに際立てている。

「九鬼《くき》さん」

金五郎は気まずそうに名を呼んだ。

男の名を九鬼段蔵《だんぞう》と謂う。

江戸の庶民は何でも三大だの、五傑だのと括るのが好きで、それは遂に盗賊にまで至った。江戸三大盗賊と呼ばれたのは、義の千羽《せんば》一家、幻の鬼灯《ほおずき》組、そして恐の鰔《かいらぎ》党である。九鬼はその鰔党で四番組頭を務めていた。残虐無道の鰔党の中でも、四番組は随一の武闘派であったらしい。狙った屋敷、商家に住まう者は老若男女問わずに殺し、犬猫まで命を枯らすが如く息の根を止めることで、

——枯神《かれがみ》。

の異名で九鬼は呼ばれていた。

その鰔党は頭と副頭の揉め事に端を発して四年前に壊滅した。九鬼はいち早く鰔党の終焉《しゅうえん》を察して脱した。その後、消息を絶っていた九鬼を金五郎が見つけ、虚の仲間へと引き込んだ。男吏はその経緯も知らないし興味はない。

虚の全容は男吏も知らない。例の「夢の国」にいる者も含めれば百や二百は下らぬのではないか。ただその中で達人を挙げろと言われれば三人をおいて他にいない。一人は己の相棒でもある天才剣士の榊《さかき》惣一郎、二人目は最強の振こと鉄漿阿久多。そして最後の一人がこの九鬼段蔵なのだ。

「これはどういうことだ。金五郎」

九鬼は部屋を見渡して野太い声で訊いた。

「いや……なんですかな」

言葉を濁す金五郎に代わり、男吏が口を開いた。

「てめえ、惣一郎はいらねえとぬかしているらしいな」

「それがどうした」

「お前が勝てるかよ」

男吏が冷ややかに言い放つと、九鬼は獣のような眼光を向けた。

「出来る。その前にまずお前から殺してやろうか」

「馬鹿め。俺を殺って自慢になるか」

「虎の威を借る狐というやつだな」

けっと喉を鳴らす九鬼に対し、男吏は声を出して笑った。

「別に借りているつもりはねえ。人には得手不得手があるもんさ。話を逸らすな」

一触即発の雰囲気が流れ、流石《さすが》の金五郎も些《いささ》か狼狽《ろうばい》している。阿久多も九鬼を好いていないため、むしろ心情的には己に寄っているようで、ぺろりと小馬鹿にしたように舌を出している。

「雑魚《ざこ》に構うだけ無駄か……金五郎、話は何だ」

九鬼は不遜に言うと、どかりと胡坐《あぐら》を掻《か》いた。

「俺と阿久多が断わった仕事をしろだとよ」

男吏がさらに煽《あお》ると、九鬼は一瞬怒気を発したが、それを鎮めるように深く息をした。

「そうなのか」

「いえ、本当は別件で呼びました」

「炙《あぶ》り屋の件だな」

金五郎は虚に手練れをさらに引き込もうとしている。だが、そうそう達人がいるはずもない。先頃、漸月《れんげつ》という鎖鎌遣いと、人斬り旗本の油屋平内《あぶらやへいない》と謂う二人が加わったが、その二人ともが早々に死ぬはめになった。

漸月を斬ったのは、くらまし屋。油屋平内は炙り屋を勧誘しようとして討たれたと金五郎から聞いている。以後のことは知らないが、今の話し振りから察するに、炙り屋の勧誘を九鬼に引き継がせたらしい。もっとも断われば殺せという条件付きだろう。

「なかなか尻尾を出さぬわ」

今、ここで初めて知ったことである。金五郎は炙り屋へ依頼するための繋ぎ方を調べ、それを九鬼に教えて実行させていたらしい。だが余程警戒心が強いのだろう。罠《わな》と気付いたのか姿を見せず、恐らくその繋ぎ方もすでに廃したと見てよい。

「油屋が仕留めていればこのようなことには……口ほどにもない」

金五郎は焦れたように言った。

「いや」

「いえ」

九鬼と阿久多の声が重なった。阿久多は興を削がれたようにぷいと横を向いた。九鬼は苦々しく濃い髭の頰を歪めて続けた。

「あれはなかなか強かった。炙り屋がそれ以上に強かっただけだ」

「左様ですか」

「まあ、安心しろ。俺が首根っこを摑まえて連れて来る。断われば殺しておく」

九鬼は平然と言い放った。

「解りました」

「で、こいつらが断わった件とは？」

九鬼が尋ねるので、金五郎は今一度、阿久多が断わった理由も含め、芝居合戦に纏わる話をした。全てを聞き終えると、九鬼は顎髭をなぞりながら言った。

「なるほど。幾らだ」

　虚は別に武家のように禄を食《は》んでいる訳ではない。日々に困らぬだけの金は渡されるが、大きな勤めの場合は、都度金を受け取ることになっている。もっとも惣一郎などは美食を好む訳でもなく、酒や女に興味もないため、

　――刀の研ぎ代さえあれば、別にどうでもいいんですがね。

　などと言っており、あって困るものではないだろうと男吏が受け取るように説得しなければならなかった。阿久多も着物や小物が欲しい時、出せる金があれば十分と言っていたのを聞いたことがある。ただこの九鬼、元が盗賊ということもあってか、かなりの守銭奴であった。

「五十両」

「安いな」

　九鬼は小馬鹿にしたように息を漏らした。

「剣も握れぬ役者。それも現れるか、現れないかも解らないのです。五十両は十分だと思いますが？」

「金の出所は越後屋だろう。もっとたかればよい」

「……百両では？」

金五郎が尋ねるが、九鬼は何も答えない。己たちが断わったことで、他に頼む者がいないと足下を見ているのだろう。

「解りました。百五十両で如何。これ以上ならば口入れ屋が探すのを待ちます」

「よかろう」

九鬼が答えた瞬間、部屋の中に殺意が満ちるのが男吏にも解った。

「九鬼、断わりなさい」

殺気の根源は阿久多である。柳の如く目を細めて九鬼を睨《にら》み据えている。

「てめえの思い入れなんざ知ったことか。これは仕事だ」

「じゃあ、殺す」

「殺ってみろ」

「待ちなさい。仲間内の殺し合いだけはご法度だ」

金五郎が手を掲げて止める。面白いことになったと、男吏はにやにやしながら様子を窺った。金五郎は論すように続けた。

「阿久多さん。私が阿久多さんの想いを知らなかったことは詫びます。断わるのも構わない。だが人の勤めに口を出しちゃいけない。裏稼業の時でもそうだったはずだ」

「ええ。だけど気に食わない奴を殺すのも私の勝手」

「でも虚に入る時に誓ったはずだ。仲間内の争いはしないと。惣一郎と九鬼さん、二人を相手にするつもりかい」

これ以上は虚へ楯突く行為と見做す。金五郎はそう言いたいのだ。この件に関しては流石に男吏もかばえない。惣一郎の性格上、金五郎の命に従って阿久多を始末しようとするだろう。惣一郎は強い者を斬る欲求だけは異常に強い。

――阿久多さんも、九鬼さんも斬れればいいのに。

と、ぼやいていたことを男吏は知っているからだ。

「解ったわ。でも私はその日、芝居を見に行くから。もし芝居小屋に突っ込んできたら、私の身に危険が迫ったと思って殺すから」

九鬼を知らぬ者が聞いていれば、そんなことがあるかと思うに違いない。が、九鬼はそのような男。大鎌という得物を使う阿久多以上に暗殺に向かぬ。白昼堂々、往来であろうが、標的を殺し、捕り方を蹴散らして退散するようなことを平気でやってのける。

「解りました。九鬼さん」

「よかろう」

「じゃあね」

阿久多が席を立ったので、男吏も同じく部屋を後にした。阿久多は面倒な奴だが、好かぬ九鬼と残るよりましと思ったのだ。

折角編笠を被っているのに、女の恰好の阿久多と歩くと目立つ。男吏は来た時よりさらに目深になるように笠を下げながら言った。

「阿久多」

「はい？」

「誰に知らせるつもりだ」

「まあ、初谷様もあっちの味方？」

「いいや、俺も気乗りがしねえ」

「優しい」

「黙れ。で、どうする？」

「御庭番かしら」

阿久多はひょいと口元に指を添えて首を捻った。

「まあ、好きにやれ」

別にどのようなやり方をしようが、己にとってはどうでもよい。ただ九鬼の不遜な態度が気に食わないだけである。

「初谷様」

「ん？」

「好き」

「煩い」

男吏は即座に言ったが、阿久多は鼻歌混じりに上機嫌である。

「ところで、お前を馬鹿にした奴ら……どうなった？」

男吏はふと思い出して訊いた。

「勿論」

「だろうな」

愚問であったと男吏は苦笑した。

己も悪人、こいつも悪人。だが悪人にもそれぞれの矜持がある。それが金である九鬼よりは、阿久多のほうが余程よい。

悪人が二人、宵口の江戸を闊歩《かっぽ》する。触れるほど肩を寄せて来た阿久多から、男吏はそっと逃れ、苦く頬を緩めて溜息を風に溶かした。

二

濱村屋の隠し玉は死んだはずの菊之丞ではないか。

その噂によって動いた二つの組織があると一鉄《いってつ》は前置きして話した。その全てを聞き終えた後、平九郎《へいくろう》は舌打ちした。

一つは道中奉行。その配下の同心、篠崎瀬兵衛《しのざきせへえ》がこの件について嗅ぎまわり始めたという。御庭番は濱村屋の近くに人を配し、出入りする者がいないかを見張らせている。その瀬兵衛が三日連続で訪ねて来ていた。

「現れる噂の役者の正体が、『くらまし屋』だと気付いたのかもな」

一鉄はそういうが、平九郎は眉根を寄せた。

「あり得ない。どうやって繋がる」

「俺は調べられただろう」

一鉄は確かに己たちの正体を、しかもそれほどの時を要さずに調べ上げた。それほどの実力、組織力があると見込んだからこそ、御庭番曽和《そわ》一鉄と手を結ぶことを決めた。だが幾ら切れ者とはいえ、一介の道中奉行配下が、そこまで辿り着けるものか。

「篠崎瀬兵衛。異名は『路狼《みちおおかみ》』。これまで難解と思われた事件を、八つも解決している凄腕だ。その推察力に加え、勘働きは尋常じゃねえようだ」

一鉄は瀬兵衛の過去も調べた。解決した事件の中には、一鉄すら舌を巻くようなものもあった。だがある時を境に、ぴたりと危うい橋を渡るのをやめた。が、その実力が鈍っているとはどうも思えないという。

「そこまでか……」

確かに鋭い男だと思っていたが、己の想像以上の能吏であるらしい。

「もう一つのほうはさらにまずいな」

一鉄は犬の如き八重歯で下唇を噛んだ。仮に赤也《あかや》が道中奉行配下に捕まったとしても、死罪になるとは限らない。詮議も長くかかるだろう。そこを衝いて奪還する道はあるし、松平武元《まつだいらたけちか》に動いて貰うことも出来るかもしれない。

だが今一つの動いた者というのが、

「厄介過ぎる」

としか言いようがなかった。あの虚が、現れるかもしれない役者、つまり赤也を始末しようと動いているらしい。

昨夜、一《ひと》ツ橋《ばし》御門を二人の門番が守っていたところ、ゆらりと現れた者があった。手には大きな鎌槍、いや大鎌というべきだろう得物を握っていたが、着ているものや髪の形はどう見ても女であったという。

――女、止まれ！

門番が言うや否や、その者は襲って来た。呼子を吹く間もなく、一人は項《うなじ》に柄での殴打を受けて気絶し、残る一人は羽交い締めにされた。首元に鎌が来ており、月明かりを受けて妖《あや》しく煌《きら》めいたという。

――嬉しいから、二人とも殺さないであげる。

意味不明なことを口にし、凶賊は女にしてはやや低い声で続けた。

――そこの書状。御庭番の詰め所に届けて。

断わればさっきの言葉を取り消し、家族もろとも鏖《みなごろし》にすると付け加えたという。

よく見れば鎌の付け根あたりに一通の書状が括りつけられている。門番は震える手で紐を解き、書状を取ったと同時、どんと突き放されたらしい。女は不気味な笑いを残し、獣の如き速さで闇に消えていった。あまりに浮世離れした出来事に、物の怪の類《たぐい》かとも思ったが、手にはしっかりと書状が残っている。門番は家族に累が及ぶのを恐れ、すぐに御庭番詰め所へと駆け込んだという次第であった。

「阿久多だな」

「そうらしい」

平九郎が呟《つぶや》き、一鉄も同意する。その書状に書かれていたことを要約するとこうである。

虚は濱村屋の菊之丞暗殺を受けた。己は菊之丞に特段の思い入れがあり、勤めを引き受けるどころか、他人が受けるのも快く思っていない。虚が送りし刺客は元鯱党の九鬼段蔵なる者。武辺と金以外に何ら興味のない男で、大胆不敵にどこでも狙って来るだろう。そしてこの九鬼段蔵、どういった躰《からだ》の造りなのか、あるいは絡繰りを用いているのか、常人の五倍を超える怪力である云々――。平九郎はまず、

「信じてよいのか」

と、疑った。

「あの九鬼段蔵が虚にいるとは俺も驚いた。ただ九鬼が恐ろしい怪力であったことは、鯱党時代に解っている」

鯱党四番組が押し入った商家から出ようとしたところ、いち早く駆け付けた火付盗《ひつけとう》賊改《ぞくあらためかた》方三十余名と屋外で鉢合わせしたことがある。しかし鯱党四番組は怯むことなくそれを蹴散らして突破。火盗改《かとうあらため》には五の死人、二十三の怪我人が出た。

「それを九鬼一人でやった。他の鯱党は手出ししていねえ」

一鉄は忌々しそうに言った。生き残った者の話に拠ると、九鬼はその名の通り鬼の

ようであった。巨大な棍棒《こんぼう》で刀を叩き折り、頭蓋を叩き潰す。胸倉を掴んで放り投げられた者は、庇《ひさし》に激突して落下したという。

「だから阿久多のこの話とも符合する。どうも虚も一枚岩じゃねえようだ。阿久多はあの恰好だ。案外、菊之丞に思い入れがあるというのも嘘じゃないかもしれねえ」

「赤也が出くわしたら終わりだ」

お世辞にも腕っぷしが強いとは言えない赤也である。九鬼に遭遇したが最後、即死といっても過言ではない。

「だがその書状を信じるとなると……」

平九郎は眉間に指を置いた。

「ああ、菊之丞としか書かれていない。それが赤也だということまでは虚は解っていないことになるな」

一鉄が引き取って答えた。ならば虚はどうやって「菊之丞」を見つけるのか。それも現れるか現れないか解らないのだ。考えられる答えは一つしかない。

「当日、芝居小屋に向かうところを急襲するということか」

「大変な騒ぎになるぞ」

一鉄は額に手を添えて唸った。事前に濱村屋の顔ぶれを調べることは出来る。その上で芝居に向かう濱村屋の一行を襲撃し、見覚えのない者を殺す。これはもはや暗殺とは呼べまい。だが鯱党時代の九鬼のお上を恐れぬ振る舞いを聞けば聞くほど、これしかないように思える。

「反対に篠崎は赤也という名は知らずとも、くらまし屋の一人だと気付いているかもしれない……どちらにしてもまず過ぎる」

「堤《つつみ》……赤也に思いとどまるように言え」

「その赤也が見つからないから――」

平九郎の反論を、一鉄は諸手を突き出して制した。

「赤也に会わずとも止める方法はある。濱村屋が勝負を降りればいい」

「なるほど」

恐らく将之介《しょうのすけ》は赤也と繋がっている。その将之介を説得しろ。聞かなければ脅すことも辞するなと、一鉄は暗に言っているのだ。

「やってみる」

「俺も九鬼を追う。もし間に合わなければ……どうする」

天下の往来、白昼襲ってきたとすれば誰が九鬼を防ぐ。幕府の影を担う御庭番は流石に目立ったことは出来ない。それは裏稼業の己も同じ。姿を見せるということは即廃業に繋がるかもしれないのだ。

「聞くまでもない。赤也を守るほうが大切だ……俺が九鬼を斬る」

「良かった。そんなお前だから、御老中は手を組むことを決めた。俺もそうだ」

この御庭番らしからぬ熱血漢は不敵に笑った。

三

平九郎は蜩《ひぐらし》屋を出ると波積《はづみ》屋へと向かった。そろそろ七瀬《ななせ》のほうも進展しているかもしれない。案の定、七瀬はすでに件の煮売り酒屋に向かい、赤也と会ったという年増女と話をしてきたらしい。

「話したわ。お国《くに》って名の女」

「脅したのか？」

「ううん。情に訴えたらすぐに」

七瀬は半ば呆れたように苦笑した。

自分は赤也の女で、いきなり失踪されてしまった。赤也には借金も沢山あり、取り立ても激しくなっていると憔悴《しょうすい》しているように装った。博打仲間の久助《きゅうすけ》が煮売り酒屋での一件が気になったと語っていたので、こうして藁《わら》にも縋《すが》る思いで会いに来たと説明したという。

「で、何と？」

「あいつ、平さんに女と逃げるから晦《くら》ましてくれって頼んだのよね」

「ああ、だが女は共に行かなかった。そこを俺が誘った」

「名を知っている？」

「いや、聞いていない」

「夕希《ゆうき》っていうらしい。将之介の妻に収まっている」

「……あ、そういうことか……」

将之介と夫婦だという夕希が赤也の想い人だったのだ……。

「やはりお国のところに赤也は来たみたい」

濱村屋の状況を聞く中で、今の吉次が怪我をしたこと、夕希が自らを質に借金をしていることまで聞いたらしい。赤也の表情は徐々に変わり、最後には将之介と繋いでくれるように頼んだという。さらにお国には誰にも話さぬようにと固く口止めもしたらしい。

「それなのに結局、話したのか」

平九郎は赤也が些か不憫《ふびん》になり溜息を漏らした。

「あれは元がお喋りね」

七瀬は冷ややかに言い放った。女はお喋りなもの、女はか弱い、女は怖いなど、そんなふうに括る男のことを七瀬は滅法嫌う。だが一方、実際にそのような振舞いをする女のことも嫌悪しているのだ。

「そっちは？」

七瀬に訊かれ、平九郎は赤也を取り巻く状況が酷く悪化していることを話した。途中から七瀬の顔色は悪くなり、聞き終えると、

「最悪……」

と、重い嘆息を漏らした。

「ああ、かなりまずい。もはや将之介を説得して芝居合戦から降りさせるしかない。濱村屋には悪いが、赤也の命には代えられん」

「そう簡単に納得するはずない」

「脅してでも止める」

「吉次が相手でも出来る？」

「それは……」

今の濱村屋は背水の陣である。どれだけ勝ち目が薄いと分かっていても、戦うしか

ない。それは将之介だけでなく、吉次も同じであるのは平九郎も見ているため間違いない。将之介が取りやめるといっても、吉次は怪我を押して出るに違いない。その健気な吉次を己は脅して止められるのかと七瀬は言っているのだ。

「私がやる」

七瀬が静かに言った。

「どう」

「夕希と話す」

七瀬が考えた策はこうである。見知らぬ女からいきなり、赤也の命が懸かっていると言われても、将之介は嘘だと思うに違いない。

赤也が舞台を踏む条件として挙げたものに、将之介以外の濱村屋の者には話すなというものがあったという。つまり夕希という女は何も知らない。その夕希に全てを伝えた上、ある策を仕掛けようというのだ。

「なるほどな。だが……」

その策が嵌まれば、赤也は自ら濱村屋に姿を見せるに違いない。ただそのためには夕希を得心させ、夫の将之介も騙《だま》させねばならない。それが出来るかどうかが疑問であった。

「何としてもやらせるわよ」

七瀬の目の奥に、強い意志があるのを感じた。

「解った。頼む」

「それまで平さんは……」

今後の己がどう動くべきか。七瀬は簡潔に指示した。

「なるほど……敵の力を信じろということだな」

やはり七瀬はくらまし屋の智嚢《ちのう》である。平九郎は感心した。七瀬は「敵」の存在を過小評価していない。

「あの馬鹿を連れ戻そう」

こんな時、女のほうが余程腹が据わっている。いや、そのような言い方をすれば七瀬に叱られる。七瀬がそうなのだ。心強い仲間がいることを改めて感じ、平九郎はここに来て初めて口元を綻ばせて頷いた。

四

翌日、七瀬は浅草《あさくさ》にある濱村屋へと向かった。お国の話に拠れば、夕希は夕餉《ゆうげ》の買い出しのため、日に一度は外に出るらしい。

——あれが夕希か。

平九郎は依頼を受けて濱村屋を探っていた時、夕希と出くわして話をしたという。容姿も細かく聞き取り、七瀬は濱村屋の近くの茶屋でその時を待った。

「ごめんね。沢山頼むから」

七瀬は茶屋の娘に詫びた。この掛け茶屋は平九郎も利用しており、濱村屋の裏口を見通すにはうってつけだと聞いたのだ。

初老の父と、娘の二人でやっている茶屋である。濱村屋に会いたい人がいるため、長居させて欲しいと頼んだ。

「いいえ、どうせ空いていますので」

娘は悪戯《いたずら》っぽく笑った。

「でも、楽しそうね」

「はい。この仕事が好きなので」

「そう」

七瀬は自然と口が綻んだ。女には生きにくいこの世で、好きな生き方している者を見ると嬉しくなってくる。

「訊いてもよろしいのかしら？」

「どうぞ」

躊躇《ためら》うように言う娘に、七瀬は微笑みを向けた。

「お姉さんは何を？」

「煮売り酒屋の給仕かな。あと……」

「あと？」

「子守り。夫も子もいないけどね」

「他人のお子様の面倒を見ているということですね」

「そう。これが大きくて生意気で困るの」

「ふふ」

七瀬が身振りを交えて話すと、娘はころころと笑った。それから娘は適度に距離を取り、時々話しかけ、また奥へと引っ込むのを繰り返す。確かにお世辞にも客が多いとは言えない。二刻（四時間）ほどいたが、七瀬の他に三人来ただけであった。

「お勘定をここに」

七瀬は立ち上がった。夕希と思しき女が出て来たのだ。

「こんなに――」

「いいの。場所代」

「じゃあ、また待っています」

娘の微笑みに七瀬は頷き、茶屋を後にした。今少し濱村屋から離れたところで声を掛けたほうがよかろうと、七瀬は夕希の後を暫《しばら》く尾《つ》ける。何度か辻を曲がって、細道に入ったところでようやく声を掛けた。

「夕希さん」

「えっ……どなた様で？」

「吉次の知り合い」

「旦那様の……？」

まだ幼いとはいえ、夕希にとっては当主の吉次は旦那様である。当然、当節に吉次と言われれば、そちらを思い浮かべるだろう。

「いいえ、二代目の」

「旦那様は二代目ですが……」

「嘘。三代目でしょう」

七瀬が間髪容れずに言うと、夕希の顔色がさっと変わり、その場を離れようとした。

「待って。別に天王寺屋の回し者でもなければ、危害を加えるつもりもない」

落ち着いて話しかけると、夕希は足を止め、ゆっくりと振り返った。

「何か……」

「吉次が生きていることは知っているわね」

当時、吉次と名乗っていた赤也が、死を偽装して姿を晦ましたことを、夕希は唯一知っている。だが、そうだとも違うとも言わず口を噤むのは、赤也が裏稼業の者に依頼し、このことを口外すれば命が無いと口止めしたからである。

「私がその裏稼業の者」

「まさか」

女の裏稼業などあり得ないと思うのだろう。夕希は疑いの混じった言い方をした。

「別に信じなくても構わない。今、芝居合戦に向け、主役の座を空けて稽古しているでしょう？」

誰が漏らしたのか、すでに町でそのことが噂になっているからか、これを知っていることに夕希は別段驚きを見せなかった。七瀬はさらに言葉を紡いだ。

「これは将之介……あなたの夫が言いだした」

「そうですけど……」

それも濱村屋の事情に少し詳しい者ならば解ると、夕希は言いたげである。

「あなたは主役が誰か聞いているの？」

「いえ……」

それに関しては、真に聞かされていないらしい。その証左に夕希の目に不安の色が滲んでいた。だからといって菊之丞が実は生きているとは流石に思ってもいない。

菊之丞は上方出身で、あちらの著名な役者に旧知の者も多かった。将之介がその伝手を辿って上方から隠し玉を引っ張って来るのだと夕希は思っていたらしい。

「それ、吉次だから」

「えっ――」

初めて夕希が吃驚《きつきよう》の声を上げた。

「でも……吉次さんが何のために……」

あれほどまでに濱村屋を嫌がっていた。私を恨んでいるはず。さらにそれを娶《めと》った将之介にも力を貸す義理はない。夕希の詰まった言葉には、様々なことが含まれていると感じた。

「一つは今の吉次のためでしょうね」

赤也はきっと今の吉次に全てを背負わせたことを、激しく悔いている。その償いをしたいと思っているはずである。

「一つということは、他にも……？」

「解っているくせに」

少し上目遣いに尋ねる夕希に、七瀬は微かな苛立《いらだ》ちを覚えた。夕希が自らを質に入れて金を借りていること。それを「吉次」が知っていることも告げた。

「まだ……」

「さあね」

七瀬は適当な相槌を打った。夕希が想像したであろうことと、赤也の想いは違うような気がする。だがそれを己が言う必要はないし、言うべきではない。

「でも、その二代目吉次が殺されそうになっている」

「そんな。それじゃ濱村屋は——」

言いかけて夕希は言葉を呑み込んだ。

「濱村屋は……ね」

七瀬は沸き上がる怒りを鎮めるように、深く息を吸い込んだ。夕希の表情に先ほどから安堵が浮かび始めていた。それは赤也が生きていたためではなく、芝居合戦に勝てるかもしれないという想いであったのは、今の発言からもはや疑いようがなかった。

「とにかく力を貸して。そうじゃなければ濱村屋も終わり」

「私は何を……」

「今夜、これを残して消えて。宿も用意するから」

七瀬は懐から予《あらかじ》め用意した一通の書状を取り出し、そこに書かれている内容を伝えた。夕希はそれしか、濱村屋の生き残る道はないと解ったようで了承した。

「吉次さん……私が不幸せにしたのに……」

当時のことを思い出したのか、夕希はそう零した。

「勝手に決めないで」

「えっ……」

思わず口に出したことを後悔し、七瀬は首を横に振った。

「何でもない。とにかく絶対上手くやって」

そう言い残すと、七瀬は路地を後にした。人を見る目がなかったのか、それとも若かったのか。あるいは己を一人の男として見てくれる人が欲しかったのか。無性に赤也に腹が立ってきて、七瀬はぎゅっと唇を結んだ。

五

払暁《ふつぎょう》、赤也は階段を上がって来る跫音に飛び起きた。一瞬、己の住まう長屋かと錯覚したが違う。姿を晦ました後、この深川《ふかがわ》の「鯉《こい》屋」と謂う宿に潜伏している。二階建ての建物は基本的には御法度だが、宿に限っては黙認されていた。その二階の最も奥の部屋で寝起きしている。

ここの主人の半蔵《はんぞう》は婿養子なのだが、無類の博打好きで、ある日に大負けをした。女房に露見すれば追い出されると頭を抱えていた時、反対に大勝ちしていた赤也が出くわした。

──まあ、ゆっくり返してくれりゃあいい。

と、担保も利子もなく貸してやったことで、半蔵は米搗《こめつ》き飛蝗《ばった》のように頭を下げた。以後、歳は己より一回り上だが、己のことを下にも置かず遇してくれている。

その半蔵も一昨年、心を入れ替えて博打から足を洗った。故に久助もこの繋がりのことは知らない。その半蔵に暫く匿って欲しいと頼むと、二つ返事で快諾してくれ、ここに逗留《とうりゅう》しているという次第である。思えば己の人の繋がりの大半は、博打がきっかけになっている。

「赤也さん」

「どうした」

襖を開くと、そこに半蔵が立っていた。

「今、飛脚からこれが」

半蔵は文《ふみ》を手渡してきた。ここの居場所を知っているのは将之介のみである。お国と会った後、将之介をここに呼び出した。部屋に入った将之介は己を見て、

「本当に……吉次なのか」

と、物の怪を見るような目でまじまじと見つめた。

「ああ、昔話も与太話も好かねえ。単刀直入に訊く。俺とお前、どちらが役者として上だ」

あまりにいきなり訊くものだから、将之介は呆気に取られていたが、やがて絞るように言った。

「それは……お前だ」

あの頃の己は、同じ年の頃の菊之丞よりも上だとも言われ、将之介とは雲泥の差があった。将之介は決して筋の良い役者ではなかった。

己は数年舞台に立っていない。将之介も芸に磨きを掛けただろう。それでも、己は将之介よりは確実に上だと自負している。

「俺を立たせる気があるか」

「戻ってくれるってことか⁉」

将之介が身を乗り出すのを、赤也はすっと手で制した。そして人差し指をゆっくり

立てる。

「一度だけ。芝居合戦だけだ」

さらに将之介以外の誰にも明かすなと条件を付けた。それでは稽古も儘《まま》ならぬと渋る将之介に対し、己の立ち位置を空けてやれと赤也は言った。

「どうだ。呑むのか、呑まねえのか」

「呑む……」

「よし。演目は娘道成寺だな」

「ああ。だが……出来るのか？」

将之介がそう訊いたのには訳がある。たった一度も主役としては演じたことがないが、己も脇として何度も見て来たし、台詞や舞も頭に入っている。優れた役者がそれができるのは当然。将之介が訊きたいのは、

――先代のように出来るのか。

と、いう意味である。赤也が役柄だけでなく、どんな人物でも、あるいは空想の者でも演じられることを、同じ釜の飯を食った将之介は知っている。

かつて平九郎にも話したことがあるが、その己をもってしても、ただ一人真似られない者がいる。それが菊之丞その人であった。将之介はそれもまた知っているのだ。

「どうだかな」

と、答えるほかなかった。仮に菊之丞を模倣出来ず、己なりの演じ方をしたとしても、将之介よりましとは思う。だが付け焼刃で勝てるほど、中村富十郎《なかむらとみじゆうろう》は甘い男でないのは確かである。

「やってみるさ」

赤也が付け加えると、将之介は躊躇いながらも頭を下げた。

「恥も外聞もねえ。頼む」

「解った」

「お前……俺を恨んでいるか？」

「何でだよ」

「夕希のこと――」

「濱村屋の奴は、どいつもこいつも余計なことを喋りやがる」

すっかり己は濱村屋の者ではないという言いぶりに、将之介は微かに寂しそうな顔をした。

「そうだな……」

「話すなよ。深くは言えねえが、俺にも事情がある」

「約束する」

将之介はそう固く誓った。だが数日で、

――濱村屋がとてつもない助っ人を呼ぶらしい。

だとか、

――菊之丞が実は生きていたっていうじゃねえか。

という噂が町に広まるようになった。その後、将之介とは飛脚を通じての文だけで連絡を取るようにしている。このことを問い詰めたが、将之介は本当に身に覚えがないという。どうも嘘はついていないらしい。

恐らく主役を抜いた稽古をしていることを、濱村屋の誰かが外に漏らしたのではないか。それに尾鰭が付いてこのような噂になっているのだと察した。その口止めも出来ないほど、今の濱村屋は屋台骨が揺らいでいる。加えて己の読みが甘かったことも悔いた。

――あいつなら、こんなしくじりはしねえだろうな。

赤也は鬢を掻き毟《むし》った。脳裏に浮かんだのは、小言を言う七瀬の姿である。これまで七瀬のおかげで成功した勤めは数知れない。くらまし屋の智嚢は、まさしく七瀬である。そんな七瀬ならもっと良い策を思い付いたのかもしれないが、平九郎以上にこの件には関わらせたくはなかった。

ともかく噂になってもやるしかない。そう腹を括っていた矢先、将之介から文が届いたという訳である。しかもこんな払暁に届けるなど、ただ事ではないと悟った。

「おいおい……」

赤也は文を読んで絶句した。

今朝、将之介が起きると、隣に寝ていたはずの夕希が忽然《こつぜん》と消えており、代わりに一通の書状が残されていた。その書状には夕希を攫《さら》ったこと、無事に帰して欲しければ、替玉としている役者、二代目吉次と交換であること。交換の日は今宵、濱村屋の将之介の部屋で行うことが書かれていたという。

将之介は如何にするべきかと尋ねているが、筆が狼狽して定まらず、助けて欲しいのがありありと解った。

——この手口……。

実に鮮やかなものだった。まず誰にも気付かれず濱村屋に忍び込み、夕希を攫ったことになる。横に寝ている将之介すら気付かなかったのだ。夕希には一言も声を上げさせていない。しかも交換の場所を、濱村屋の将之介の部屋としているのはどういうことか。いつでもまた忍び込めると言っているようだし、取り囲まれても脱出するほ

ど腕に自信があるとも取れる。それにしても、わざわざその場所を指定する意味も解らない。さらに、

――隠し玉が俺だって知ってやがる。

赤也は下唇を噛んだ。ここまで調べ上げているとなれば、裏稼業の者であると見て間違いない。天王寺屋が雇ったと考えるのが自然である。まさかこのような手段を取るとは思っていなかった。これも七瀬なら想定出来たのかもしれない。

「半蔵さん」

「はい……」

今、己が何に巻き込まれているのかは話していないし、半蔵も訊かないようにしてくれていた。博打の借金から逃れている程度に思っているのかもしれない。

「今宵、俺は出る。もし三日経っても戻らない時、堀江《ほりえ》町に波積屋という居酒屋がある。そこの茂吉《もきち》という人に伝えてくれ」

「承りました」

半蔵もただ事ではないと察したようで、その頰が引き攣っている。

「筆と紙。飛脚も呼んでくれ」

こちらも文で、向かうから安心しろとだけ伝え、赤也は日が暮れるのを待った。

葉月は日が長い。ようやく闇が町を浸した戌の刻（午後八時）、赤也は鯉屋を出た。頬を撫でる生温い風は、人の五指の温もりを彷彿《ほうふつ》とさせた。

あと三町で濱村屋というところで、赤也は背後に気配を感じた。何者かに尾行されているのである。鯉屋を出た時には感じなかった。

——なるほど。

濱村屋に向かう道は、どの方角から来ても最後は三つに絞られる。その全てに見張りを付けていれば、人が現れれば解る。

濱村屋まであと一町。一旦、やり過ごすべきかとも考えたが、尾行する者もその微妙な心の動きを察したのか。何と背後から呼び掛けて来た。

「もし」

——こいつか。

声だけで誰だか解った。

「はい……」

赤也は商家の若旦那風を装っており、声を敢えて上擦らせた。こんな夜に声を掛けられたなら、誰もが不安でこうなるだろう。赤也はゆっくり振り返った。

「このような夜に何処へ行かれるのか」

道中奉行配下の同心、篠崎瀬兵衛である。傍らにいる若い男も確か下役。松平武元を晦ました時に見覚えがあった。

「あなた様は……？」

「道中奉行配下の篠崎瀬兵衛と謂う。こちらは同役、猪原新右衛門《いのはらしんえもん》。何処へお向かいかな？」

「商家の会合の後、一杯やると思っていたのですが、今日は皆が忙しいようで……このままでは寝付きが悪いので、この先の『富屋《とみ》』という煮売り酒屋に」

顔には化粧を施し、声色を完全に変えている。富屋なる煮売り酒屋があるのも事実。疑われる点は微塵もないはずである。

「呼び止めてすまなんだ。気を付けていかれるがいい。一応、名を聞かせて頂きたい」

瀬兵衛は鷹揚に言いながら歩を進めて来る。

「番場町《ばんばちょう》で小間物屋を営む『白川《しらかわ》』の主人、吾郎兵衛《ごろべえ》の子、七助《しちすけ》でございます」

「なるほど……」

瀬兵衛は得心したように頷き、さらに近づくと低く言い放った。

「くらまし屋の間違いだろう」

胸がとくんと高鳴るが、顔には出さない。

「くら……まし屋？」

「これまでに二度会っている。いや、老中松平様の件では声しか聴いていないが三度目だな」

「何のお話をされているのか……」

「惚《とぼ》けても無駄よ。耳の形が同じだ」

赤也が身を翻《ひるがえ》そうとした瞬間、新右衛門にぐっと腕を摑まれ、地べたに捩《ね》じ伏せられた。

「くっ――」

「やはりお前、消えた二代目吉次だな」

瀬兵衛は静かに言う。この男はまずい。まず過ぎる。己が吉次であることも、それがくらまし屋の一味であることも摑んでいる。夕希を攫ったのもこの男の罠か。様々なことが頭を駆け巡る中、瀬兵衛はさらに続けた。

「こうも簡単に捕まえられるとは。らしからぬことだ」

――俺独りじゃこんなもんだよ。

赤也は胸の内で咆哮《ほうこう》した。七瀬が練った策ならば、お前なんかに負けやしねえ。赤也は続けて心中で悪態をついた。

「大人しく縛に就け」

新右衛門はさらに腕を捻り、残る手で背を強く押さえ付ける。赤也は地に伏せたまま呻いた。

「てめえら……役人は捕まえるためなら、人攫いまでするのか……」

「人攫い？」

「惚けているのはどっちだ」

食い縛った歯の隙間に砂が入り、音を立てる。

「詳しく訊く。縄を掛けるまで大人しく――」

「放せ」

這うが如き低き声が、瀬兵衛の話を遮った。聞き覚えのある声。間違うはずもない。

「貴様……」

「下役の首が飛ぶぞ。三つ数える。三、二……」

「新右衛門！」

ふっと力が緩んだので、赤也は膝を立てて身を起こした。新右衛門の首筋に月光を受ける刃がひたりとさしあてられている。刀を突き出しているのは、大振りの編笠を目深に被っている長身の浪人風である。

　──平さん。

　全てを察した。平九郎は己を捜す瀬兵衛の後をずっと尾行していたのだ。

「篠崎瀬兵衛」

「くらまし屋」

「勝てぬことは解るはずだ。退け」

「呼子を吹く時はある。命を懸けても──」

「嘘を吐くな。命を懸けるなど、真に懸ける者は吐かぬ言葉だ」

「くっ……」

「行くぞ」

　平九郎が顎をしゃくり、赤也は立ち上がった。

「消えた二代目吉次がくらまし屋の一味だと知れれば、濱村屋の取り潰しは必定だぞ」

「俺が二代目吉次だとして、何故くらまし屋の一味だと言える」

「今、こうして二人つるんでいるだろうが」

「何処の浪人さんか知らねえが、ありがとうございます。道中奉行配下を装った物取りのようで……」

赤也は元通りの若旦那風に声色を変え、深々と頭を下げた。

「貴様ら……」

「芝居合戦が終われば捕まえればいい」

「何……」

「今度の芝居合戦。主役は二代目吉次だ」

赤也は瀬兵衛をまっすぐ見据えて続けた。

「あんたらの中にひでえ悪がいる。吉次が舞台に立たねえと、そいつらが喜ぶだけだ。それが終わったら好きにしな……って吉次が言っていたぜ」

「幕府の中にということか」

瀬兵衛は唸るように言った。

「あんたなら調べられるだろう。この人も手荒なことはしたくねえはずだ。ここは退いてくれ」

赤也は平九郎のほうをちらりと見た。

「行け。待っているぞ」

平九郎が言った。足止めしている間に行けというのだ。夕希が攫われたことを知っているのか。いや、待っているということは。この絡繰りが何となく見えて来た。

「死ぬほど罵倒されるな……」

「当たり前だ。勝手をするからだ。頼れ」

「悪い」

赤也は唇を結んで頷くと、身を翻して走り始めた。平九郎が二人に睨みを利《き》かせているため、追って来る気配はない。赤也はこの後、こっぴどく説教されるのを想像しながら頬を緩めた。

六

将之介からは裏口で待っていると言われている。他の役者、奉公人に顔を見せないためである。裏口を軽く叩くと、将之介が顔を覗かせた。

「吉次」

「戻って来たんだろう」

「何故それを……」

「夕希だけか？」

「いや、女がもう一人」

「だろうな」

赤也は苦笑しながら、将之介に誘《いざな》われて静かに足を踏み入れた。将之介の居間に入ると、そこには夕希、そして七瀬の姿があった。

「吉次さん……本当に……」

「おう」

赤也は笑みを作って答えた。

「吉次、これはどういうことなんだ」

将之介は何が何だか解っていない。ほんの四半刻（三〇分）前、夕希がこの女と共にふらりと戻って来て、

——ごめんなさい。濱村屋のためなんです。

とだけ詫び、あとは何を尋ねても答えなかったという。この女は誰だと問い詰める将之介に、七瀬も、

——吉次の仲間。

と不愛想に言い放つだけだったらしい。

「うーん……俺もはっきりとは解らねえが……」

赤也はこめかみを掻いて苦笑した。

「あんた馬鹿じゃない」

「ほら来た」

「馬鹿じゃ足りない。大馬鹿よ。大変なことになってんだから」

「さっき道中奉行の連中に捕まりかけた」

「助けてくれたでしょう」

「ああ……」

瀬兵衛に赤也を尾けさせたのも、七瀬の考えだとこれで理解した。

「道中奉行だけじゃない。高尾山のあいつらもあんたを狙っている」

「え……何でだよ。まずいじゃねえか」

「だから言っているじゃない――」

「しっ。役者や奉公人に気付かれちまう」

赤也は指を口に添えて鋭く息を吐いた。七瀬は大きな溜息をついた。

「頼りなさいよ」

「さっきも言われた」

「あんたは替えが利かないんだから」

「俺もそれは痛いほど解った」

「あんたは――」

「俺はお前の言う通りに動くのが一番らしい」

七瀬は目を丸くしたが、やがてふっと息を漏らした。

「ほんとに馬鹿」

「知っている」

赤也は白い歯を覗かせた。

「吉次……お前は一体……」

将之介はまだよく次第を呑み込めない。呑み込む必要もない。ただ一つの真実だけを伝えればよい。

「相手はあの中村富十郎。一筋縄にはいかねえ。ただ負けるつもりもねえ」

「意気込んでいるのはいいけど、絶対に芝居合戦に道中奉行配下が来るわよ」

「ああ、さっき煽っちまったしな」

さきほどの瀬兵衛とのやり取りを伝えると、七瀬は呆れたように首を横に振った。

「何であんたはそんなに馬鹿なの……」

「何度言うんだよ。でも、策があるんだろう？」

赤也が眉を開いてみせると、七瀬は顎を突き出してすまし顔で答えた。

「当然」

七瀬は細く息を吐くと、将之介に向けて言った。

「湯島の舞台について教えて欲しい」

「はい」

話の流れから、七瀬が鍵を握っていると察したか、将之介の口ぶりは丁寧なものであった。

「花道や迫《せり》はあるのよね」

「そうです」

昔はそのような大仰な仕掛けは大芝居のみに許されていた、昨今では宮地芝居にも設けられており、幕府もこれを黙認している。故に違いはほとんどないのが実情である。

「舞台を触るのは？」

「それも芝居合戦の内と」

芝居では舞台に様々な趣向を凝らす。新たな仕掛けもその一つ。故に裕福な一座では、専属の大工を抱えていることもあった。

「こうしてもいいかしら」

七瀬は懐から一枚の紙を出した。手際が良いことに舞台の図面である。それをまじまじと見た将之介は唸り声を上げた。

「こんなもの初めて見ました。しかし……今からだと……」

将之介は難しい顔になった。芝居合戦まで時はもうない。新たな仕掛けを加えるとなると、多くの大工を雇わねばならない。そのような金は今の濱村屋にはないだろう。

「それは心配しないで。私たちのほうでやる」

「そんな……」

「大丈夫。あとでこの人から取り立てるから」

「へいへい」

赤也は首の後ろで手を組んで軽妙に答えた。

「どうするか解っているの？」

「何となくだがな」

七瀬が考えている策が朧気《おぼろげ》に見えた。これで道中奉行配下の目は眩《くら》ませられるだろう。だが先ほど七瀬は高尾山のやつら、つまり虚の話をした。何故、己を狙うのかは解らないが、こちらはどうするつもりなのか。

「えっ」

夕希がびくんと肩を震わせた。音もなく襖が開き、そこに男が立っていたのだから驚くのも無理はない。

「ご苦労様」

七瀬が言ったことで仲間と知れ、将之介と夕希の顔に安堵が浮かぶ。

「すまねえ」

赤也が改めて詫びると、平九郎は小さく鼻を鳴らした。

「俺も同じことをしたからな。これで借りは返した」

お春《はる》の一件を言っているのだとすぐに解った。

「全く。私だけだからね。まともなのは」

七瀬の言いざまに、平九郎も苦笑した。

「そうだな」

「で、そっちは？」

「取り敢えずはな」

篠崎瀬兵衛はなおも食い下がった。だが平九郎が、

――あの男が言うように、芝居合戦で捕らえればいい。

というと、新右衛門を人質に取られていては、他に道はないと悟ったのか一転して

退くことを決めたらしい。その状況判断が出来る冷静さが、瀬兵衛の真の恐ろしさだった。

「高尾山の連中は?」

「そちらは形《なり》振り構わずに来るだろう」

「何か策が?」

赤也が訊くと、七瀬は首を横に振って平九郎を見た。

「俺に任せろ」

「いいのかい」

「これも借りのうちだ」

赤也は口内の肉を嚙みしめた後、腹の底から短く言った。

「頼む」

「初めからそう言え」

平九郎は鼻を鳴らして片笑んだ。

一刻（二時間）ほど念入りに打ち合わせをしている間、将之介が受け答えをし、夕希はずっと黙っていた。外に気配がないことを平九郎が確かめ、濱村屋を後にすることになった。

部屋を出る間際、夕希の心細そうな視線に気づいて赤也は足を止めた。

「吉次さん……」

「任せとけ」

何か言いたげなのを遮り、赤也はにかりと笑って部屋を後にした。そうは言ったものの、相手は天才中村富十郎である。昔の己でも及ばなかったのに、四年も舞台を離れていた己など逆立ちをしても勝てない。唯一の道は解っている。出来なかったのではない。やろうとしなかったのだ。

あれほど似ていないと言い聞かせてきたのに、この不器用さは親父譲りに違いない。

赤也は夜空に瞬く星を見上げ、大きく舌打ちをした。

第七章　菊之丞

一

篠崎《しのざき》瀬兵衛《せへえ》は夜道を行きながら、深く息を吸い込んで気を鎮めた。

日中、日差しを受け続けた水がなかなか冷めないのだろう。濠からは噎《む》せ返るような青い臭いが立っている。

「申し訳ございません……」

傍らを行く新右衛門《しんえもん》が絞るように言った。

「あれはどうしようもない。尾《つ》けられていたことに気付かなかった私のしくじりだ」

くらまし屋の剣客は、新右衛門の首に刃を当ててこちらの動きを止め続けた。

——やはり二代目吉次《きつじ》なのだな。

瀬兵衛は揺さぶりをかけるために言ったが、剣客は全く動じず、

——あの男が言ったことが全てさ。

とだけ吐き捨て、以後は地蔵の如くこちらの問いには応じなかった。

——俺は銑鋧《せんけん》も使う。意味が解るな。

十分な時を稼いだ後、剣客はそう言った。銑鋧とは、いわゆる手裏剣である。今から離れるが追おうとすれば、銑鋧で殺すということである。

刀を鞘《さや》に納めた後も暫《しばら》く背後に立って様子を見ていたようだが、気が付いた時には剣客の姿は消えていた。

「たとえ私が命を落としたとしても——」

「それ以上は言うな」

口惜しがる新右衛門を、瀬兵衛は厳しい声で制した。

「生きてお役目を全うする。我らはあやつらとは違う」

瀬兵衛が続けると、新右衛門は拳を握りしめて頷《うなず》いた。

「……申し訳ありません」

「それにあの男の言ったことも事実。あそこで捕らえても、くらまし屋であると証すのは困難だ」

くらまし屋であることは間違いないが、それを証明することが極めて難しい。それに対してはすでに対策を考えている。

「御用絵師に耳の絵を描かせる」

同一人物であるという証明は、今のところ己が覚えた耳の形しかない。しかし、それを捕まえた後で言ったところで信憑性がない。

明日にでも己が伝えて、耳の絵を絵師に精巧に描かせる。それを何枚も刷り、上役の松下善太夫《まつしたぜんだゆう》を初め、奉行所、火付盗賊改方《ひつけとうぞくあらためかた》にまで届け、

――これが、くらまし屋の一人の耳の形である。

と、周知させるのである。

そこまで準備をして芝居合戦当日を迎え、二代目吉次を捕らえ、事前に配った耳の絵と突き合わせる。ここまでお膳立てをしておけば、詮議においても、二代目吉次がくらまし屋だと認められるだろう。

「不便なことですね」

新右衛門は納得したものの、そう言って口を歪《ゆが》めた。

「それが公儀の役人というものだ。何でもありとなれば奴らと同じになる」

規則に則って手順を踏むからこそ、民は公儀に信をおく。それが時に足枷《あしかせ》になろうとも、けして逸脱することは許されない。

躰《からだ》が熱く、掌《てのひら》や背が汗ばむ。寝苦しい夜だからという訳ではない。くらまし屋に挑

む度、閉じ込めたはずの過去の己が滾《たぎ》るのを感じるのである。

二

翌日から瀬兵衛は動いた。奉行所が使っている人相書きの絵師を紹介してもらい、耳の絵を描かせた。はっきりと記憶しており、些細な違いも修正させたので、人相書きが辟易とするほどであった。

さらに何枚も刷って各所へ配る。ここまでを僅か三日でやらせた。このようなものを断定してよいのかと怖気づく道中奉行配下の上役、日々届く人相書きの一つとして淡々と処理する奉行所、眉唾《まゆつば》だろうと鼻で笑う火付盗賊改方、各所の反応は様々であった。

「芝居合戦当日、我ら道中奉行配下も入りたいのです」

瀬兵衛は上役である松下善太夫に持ち掛けた。

「寺社奉行の管轄だぞ……」

善太夫はやはり困惑して渋った。

「お願いします。くらまし屋は、我々で捕らえねばなりません」

人を晦《くら》ませるという性質上、仕事を請ける度に何らかの方法で関所が破られることになる。最も被害を被るのは、奉行所でも火付盗賊改方でもなく、道中奉行配下の己たちである。どのような輩でも、金さえ積めば必ず晦ませる。極悪人を逃がしてしまうこともあり得るし、すでに行われているかもしれないのである。

「こういっては何だが……真《まこと》にそのような者がいるのか？」

善太夫は半信半疑といったように尋ねた。瀬兵衛は真っすぐ見据えて返す。

「確かに奴らはいます。お願いします」

再度、頭を下げると、善太夫は大きな溜息を吐いた。

「やるだけはやってみよう。期待するなよ」

「ありがとうございます」

賄賂《わいろ》を受けとって通行手形を出すような悪吏もいるが、この上役はそのようなことには手を染めない。人並みに保身を図るものの、悪人を決して江戸に入れず、出さずの道中奉行配下の矜持《きょうじ》がない訳ではないことを、瀬兵衛はよく知っている。

「二組……これが限度だった。すまない」

五日後、善太夫は呼び出してそう言った。今、江戸にいる道中奉行配下は約四十人。それに隠居などで引退した者も駆り出せば五十余人。この全てを湯島《ゆしま》天神宮地芝居に配置したいというのが瀬兵衛の考えであった。

だが、やはり寺社奉行からは反発があった。

濱村屋《はまむら》は主役を真に代えるのか。所詮《しょせん》は噂ではないか。仮にそうであっても二代目吉次はとうの昔に死んでいる。仮に生きていてもそれがくらまし屋である根拠は何だ。そもそも、くらまし屋などというものは存在するのか。寺社奉行の主張はそのようなものであった。

「この流れはまずいと思い、少し話を変えた」

日光《にっこう》街道で押し込み事件が連続で起こっている。これは紛れもない真実である。これの一味の者が宮地芝居に現れるという話を独自に摑《つか》んだので、念のために人を配したい。くらまし屋の件より、実はこちらが本命であると善太夫は主張した。本命を通すため、先に無茶な別件の話を出して引っ込めるというのは、役所外交の中ではよくあることである。このあたりは善太夫は如才ない。

「二組十六人。少ないが……」

善太夫は申し訳なさそうに言った。

「十分でございます。ありがとうございます」

「無茶をするなよ」

危険を避けろということのほかに、問題を起こしてくれるなよという意味が含まれていると感じた。

「昼行燈に無用な心配でございます」

「儂《わし》は若い頃のお主を知っているからのう……まあ、小言程度ならば受けてやる。それ以上は責を押し付ける」

善太夫が惚《とぼ》けた顔で言うので、瀬兵衛は頬をそっと緩めた。

「結構です」

「気をつけよ」

「はっ」

こうして支度は整った。あのくらまし屋を相手に十六人では不足の感は否めない。だが常に万全などあり得ない。現状で全力を尽くすだけである。

三

まるで燃えるような朝焼けであった。紅と黄が絡み合うようにして空を彩っている。

波積《はづみ》屋にいつもの顔ぶれが集まっていた。お春《はる》は夜まで働いているため普段なら昼まで眠らせて貰っている。

此度《こたび》も何ともない一日。そう言い含めて寝ているように言ったが、流石《さすが》にお春も大仕事だと解るようで、緊張から目が覚めてしまったらしい。

　これが最後の打ち合わせになる。赤也は二人を信じて身を委ねるつもりだ。己がやることはただ一つ。人生において最初で最後となる「娘道成寺《むすめどうじょうじ》」を演じるだけである。

「平さん、濱村屋は？」

　七瀬が卓の上に広げた舞台の図面を見ながら訊《き》いた。

「やれることは全てやったと」

　夜が明ける前、平九郎は濱村屋を訪ねた。役者の欠員は出ておらず、道具や衣装も何度も確かめているという。そして最も重要な舞台の仕掛け。これも将之介《しょうのすけ》は大工に指示を出して完成させた。稽古も見なければならず、この間の将之介はまさしく寝る間もなかったという。

「卯《う》の刻（午前六時）、濱村屋から一行が出る」

　七瀬は二人を交互に見た。芝居合戦と銘打っているが、此度は暑気払いのこけら落としでもある。普段は武士に憚《はばか》って行列など組めぬが、この晴れの日に限っては道具を揃《そろ》え、堂々と芝居小屋を目指すのである。庶民でも花嫁行列が黙認されているのに近いだろう。

「ここにあんたは入らない」

虚《うつろ》が狙っていると聞いたが、ここまで何の動きもなかった。九鬼《くき》という男が鹹《かいらぎ》党時代に見せた残虐さ、豪胆さから鑑みるに、この行列を襲って来るのではないかと七瀬は考えた。流石にあり得るだろうかと平九郎も疑ったが、

――銑鋧《せんけん》のようなものもあるかもしれない。

と、七瀬は警戒を緩めることはなかった。確かに別に刀で斬りかからずとも、銑鋧のような暗器を飛ばすことも出来るのだ。

「でも問題は、木戸で濱村屋の人数を確かめられること」

芝居小屋には仕切りとなる木戸がある。此度は芝居合戦という性質上、公平を保つため、予《あらかじ》め申告した人数しか入れないようになっている。皆と一緒に入らねば二度と入れない。仮に忍び込めても、申告されていない者が演じれば負けとなってしまう。

「濱村屋はすでにあんたの頭数も含めて告げてある」

「ここには合流しなくてはならないということだ」

平九郎が引き取って続けた。

「それが巳《み》の刻（午前十時）」

赤也はこれまでの打ち合わせを反芻《はんすう》した。

「俺が連れていく」

平九郎は力強く言いながら腰のあたりを触った。濱村屋の行列に赤也がいると思わせておき、実際には別に湯島天神へ向かう。二人とも着流しに編笠の浪人風。髷《まげ》もしっかりとそれに合わせて結い直している。そして巳の刻のぎりぎりに到着し、皆と共に芝居小屋へ入る。そうなれば流石に凶賊も手が出せない。

「私は一足先に芝居小屋に客として入るから」

道中奉行配下の連中がいることは間違いない。問題はその数、配置である。七瀬は先んじて確かめ、それらに合わせて策を組み直すのだ。

「やれるか」

平九郎が尋ねてきた。演じられるかという意味である。この間、二人に任せて、己はそのことだけを考えて来た。

「ああ」

「濱村屋の者は怯《おび》えきっている」

今、この段になっても、誰が主役を張るのか説明されていないことで、役者や奉公人たちは将之介に答えを迫った。中には今すぐにでも飛び出す勢いで罵《ののし》った者もいるという。

——俺を信じてくれ。

将之介は皆の前で土下座して地べたに頭を擦りつけた。それで一座の者たちは何とか堪《こら》え、散り散りにならず踏みとどまっているらしい。

「頼む……だとよ」

隈を浮かべた将之介は、赤也に伝えてくれと拝むようにして言ったという。

「あいつの為じゃねえよ」

赤也はいつものように軽妙に笑った。

かといって夕希《ゆうき》のためでも、父菊之丞《きくのじょう》のためでも、義弟の吉次のためでもなかった。己はきっと、舞台の上に何か忘れ物をした。それを取りに行くのは、己のためである。

「赤也、気張ってきなよ」

茂吉《もきち》が両の拳を胸のあたりで握りしめた。

「戻って来たら美味《うま》い肴《さかな》を頼む」

「私たちも観に行くから。負けちゃ駄目だよ」

お春も弾んだ声で励ました。

「博打に負けてばっかりだから心配掛けるんだな……」

赤也は苦笑して項《うなじ》を掻《か》いたが、お春は首を強く横に振った。

「心配してない」

「ありがとよ」

赤也は細く息を吐くと、皆をゆっくり見渡した。

「皆、頼む。俺のわがままに付き合ってくれ」

平九郎はふっと口を緩め、七瀬は丸い溜息を零し、同時に頷いた。向かうは湯島天神か、はたまた過去の因縁か。すでに見えぬ引き幕が開き始めたのを感じ、赤也は両手で挟むようにして鬢《びん》を撫《な》で上げた。

四

平九郎は赤也と共に湯島天神を目指した。出来る限り大きな路を、人の波に溶け込むように。急がず弛まず歩を進める。これで丁度、巳の刻に辿り着く計算である。

「拍子抜けだな」

赤也が小声で言ったのは、寛永寺《かんえいじ》の中堂が見える下谷《したや》でのことであった。すでに不忍池《しのばずのいけ》が見えて来ており、ここまでくれば湯島天神は目と鼻の先である。

「気を抜くな。どのような手で来るか判らんぞ」

銃鋧よりも飛距離のある弓矢で狙って来ることも考えられる。そのため屋根の上にも平九郎は気を配り続けていた。

「平さんがいる」

「俺だって鉄砲の玉を弾き落とせる訳じゃない」

「鉄砲なんてあり得るかい？」

「念の為だ」

流石に鉄砲ということはないと思うものの、それすら考えの内に含めている。勤めは臆病なほどで丁度良いのである。

さらに進んで三橋《みはし》へと差し掛かった。不忍池から流れ出た川に架かっており、その名の通り、三つの橋が並んで渡されている。

「赤也」

「ん……？」

「右を渡れ。俺は真ん中を行く」

「そりゃあ……」

「出たぞ」

三つのうち中央の橋。人の波から頭が飛びぬけており、行き交う中には驚いて振り返る者もいた。六尺を優に超えている大男である。仁王立ちという言葉がこれほど似合う者も少ないだろう。布がまかれてはきとはしないが、太い棒のようなものを手にしており、何より隆々とした体軀《たいく》はまさしくそれを彷彿《ほうふつ》とさせる。

「間違いなさそうだ」

平九郎は喉を鳴らした。全てが事前に知らされた通りの姿である。

「引き返そう」

「間に合わない」

来た道を戻っても暫くは折れる道がない。橋を渡らねば不忍池をぐるりと一周することになってしまう。南の上野《うえの》町《まち》二丁目にも小橋があるが、そこに至るまでが猫道続きで、それこそ待ち受けられれば防ぎきれない。どちらにせよ回り道をしていては刻限に間に合わないのだ。

「何故、露見した……」

「単純に人の数があれば出来る」

濱村屋の行列は、必ず湯島天神を目指すのだから、そこに行く道全てに見張りを配すればよい。そしていち早く伝え、ここで待ち構えたという訳だ。二人は歩を止めない。三橋まであと二十間を切っている。

「あの男一人とは限らん。抜けたら走り続けろ」

「平さんは……」

「止める」

斬ると言わなかったのは人の目があるからではない。遠目からでも異様な雰囲気を放っており、一筋縄でいく相手ではないと感じ取っているからである。

十間、五間、三間、橋に差し掛かった瞬間、平九郎は鋭く言った。

「行け」

赤也は跳ねるように横に飛び、右の橋を渡る。平九郎はそのまま直進した。

「邪魔をするか」

「こっちの科白だ。九鬼段蔵《だんぞう》」

「ほう。俺を知っているとは。貴様、裏の者だな」

やはり九鬼段蔵である。九鬼は眉間《みけん》に深い皺《しわ》を浮かべ、虎鬚《とらひげ》を歪《ゆが》ませた。

なるほど。虚はあくまで「菊之丞」の行く手を阻もうとしており、それが実は二代目吉次であることも、さらにくらまし屋であることも知らないのだ。己が遣うということは九鬼も遠くから看破しただろうが、護衛する用心棒程度に思っているようである。意表を衝《つ》いてやろうと、敢えて平九郎は名乗った。

「くらまし屋だ」

「お前が……依頼を受けたか！」

「動けば斬る」

人の波に逆らうのに苦労しつつも、すでに赤也は右の橋の半ばまで差し掛かっている。すでに時は稼いだ。追いつけまい。そう思った矢先、九鬼は鈍く笑った。

「やってみろ」

「なっ――」

九鬼は欄干《らんかん》に足を掛けると高く飛び上がった。その巨軀《きょく》に似合わぬ身軽さ。得物を手に宙を舞う九鬼は化鳥の如く見えた。九鬼は右の橋に飛び移ると、赤也の前に立ち塞がり、手の棒を振りかぶった。赤也の引き攣《つ》る顔。それが平九郎の視界の中で大きくなっていく。

「させるか」

平九郎もまた即座に宙を飛んでいたのである。平九郎はその勢いのままに、棒を構える九鬼の腕に蹴りを見舞った。

「小蠅《こばえ》め」

九鬼の動きは止まったが、ただそれだけである。それ以上はびくともしない。九鬼が腕を振払うと、抜けようとしていた赤也の目の前に平九郎の躰《からだ》は吹き飛ばされた。恐ろしい怪力である。

行きかう人々からけたたましい悲鳴が上がる。得物を持った男たちが橋を飛び移り、争い始めたのだから当然であろう。

「大丈夫か⁉」

「心配ない」

平九郎はすっと立ち上がって腰の刀に手を落とした。次第も解らない職人風は平九郎に、

「お侍さん抜いちゃ駄目だ！」

と諸手を出して宥《なだ》め、また商家の隠居風は九鬼に、

「相手は武士だ。早く詫びなさい」

と、懸命に喚きたてる。そのような様々な呼びかけ、悲鳴の渦巻く中、九鬼は大口を開けて嬲《なぶ》るように言った。

「抜けるものなら抜いてみろ。これだけの人目の前だ。裏では大層生きにくくなるぞ。それでも抜けるのか？」

確かにその通りである。平九郎はゆっくり息を吐いて、背後の赤也に話しかけた。

「俺が動いたら三つ数えた後、何も考えずただ真っすぐ走れ。不安かもしれないが足を――」

「信じている」

赤也の声が耳朶《じだ》に届いた瞬間、平九郎は九鬼目掛けて突進した。

「抜いてやるよ。仲間のためならな」

「まさか——」

駆けながら低く言い放つと、九鬼は大きな顔を強張らせる。

「あの世に晦め」

宙に舞った言葉を断ち割るように、平九郎は手を勢いよく滑らせた。

「円明《えんめい》流、一片《ひとひら》」

すれ違い様に首を斬り上げる抜刀の技である。甲高い女の悲鳴が上がる中、がちんと鉄が嚙み合う音が鳴った。九鬼は手にした得物で受け止めたのである。

——棍棒ではないのか。

六尺はある得物なのだ。それに太い。樫《かし》の棍棒の類だと予想していたが、硬い。だが金棒にしては受けの動作が速すぎる。金輪を嵌めており、たまたまそこに当たったたか。そのような分析が脳裏を瞬時に駆け巡る。

「死ね」

九鬼が言うや否や、膝が折れそうになる。人とは思えぬ力だった。まるで落石を刀一本で支えているかと錯覚するほど。このままでは圧し潰される。

「楊心流《ようしん》、幻空《げんくう》」

躱《かわ》しに長《た》けた流派。その中で鍔《つば》迫《ぜ》り合いから瞬時に横に逃れ、押そうとする相手の体勢を大きく崩す技である。案の定、九鬼は前につんのめり、勢い余って得物が橋に触れて鈍い音を発した。

「竹内流《たけのうち》柔術、衝消《つきげし》」

刹那、得物の先端の一点を踵《かかと》で踏みつけた。武器を持った相手に対し、それを無効化する柔術の技の一つ。梃子《てこ》の力が働くため、絶対に得物を持ち上げられない。

脇を抜ける赤也は前を見据えながら言った。

「頼む」

「振り返るな。必ず上手くやれ――」

平九郎は声を途切らせて振り返った。九鬼が野獣の如き唸りを上げているのだ。

「虫けらが‼」

「なっ」

あり得ない。九鬼は押さえ込まれていた得物を振り上げ、その勢いで平九郎の躰は宙に投げ出されたのだ。

「逃がすかぁ！」

九鬼は己など意に介さず、巨軀を翻して赤也を追おうとする。

「鹿島新當流《かしましんとう》……烱《あきらか》」

空で身を捻って放つは一撃必殺の古流。全体重を刀に乗せ薙ぎ払う。渾身の一撃も軽く掲げた九鬼の得物に弾かれる。

「神道流《しんとう》、神集之太刀《かすみのたち》」

平九郎は手を休めることなく、同流派の技を畳みかけた。

「五津之太刀《いつつ》、發之太刀《はつの》、八神之太刀《はっか》！」

「軽い」

九鬼は大きな躰に似合わず、得物を繊細に動かして受けていく。平九郎は違和感を覚えている。自身の持つ中でも重い技を放っているが、まるで手応えを感じない。

「技を口に出すというのは真《まこと》らしいな」

九鬼は攻撃の流れが切れると、得物を小脇にひきつけ、一興とばかりに言い放った。

「九鬼神流《くきしん》、金平鹿《こんへいか》」

姓と同じだからとて、この男が編んだという訳ではない。確かにその流派は存在する。反対にこの流派から姓を取ったのかもしれない。確か九鬼神流は六尺棒、三尺棒を駆使する。

――まずい。

目まぐるしく頭が動いた。膝の動きから、躰を旋回させて振り抜く技と見た。射程の中に腰を抜かした娘がいる。己がこれを避ければ娘の頭は吹っ飛ばされる。

「二天一流《にてんいち》、雌雄の構え」

素早く脇差を抜いて大刀と交差させる。受けるにおいて己が有する最強の技。

――やはり金棒。

こちらの斬撃を幾度となく受け、晒《さらし》が切れて得物が露わになっていた。一部に金輪を嵌めたものではない。全てが鉄で出来た金棒である。

「ぐっ……」

重い。重過ぎる。最強の受け技も、九鬼の一撃の前では紙の楯《たて》の如く崩れた。ただ軌道を逸らしたことで、鉄棒は娘の顔の一寸先を掠めた。

「確かに強い」

九鬼は棒を旋回させつつ再び身に引きつけた。

橋の上は大混乱の様相を呈しており、悲鳴と怒号が渦巻く。仇討か、辻斬りかと憶測も飛び交っている。刃毀《はこぼ》れが無いかを確かめ、平九郎は二刀を構え直した。

「俺がしくじるとはな……」

九鬼は地に唾を吐いた。もう赤也を追っても間に合わないと判断したらしい。

「悟ったなら退け」

「いや、お前を殺したくなった」

快楽のために人を殺す手合いとも何度か戦ってきた。九鬼の光る双眸《そうぼう》から、そうした者特有の狂気を感じる。

「厄介な金棒だ。だろう？」

平九郎は身を開いた構えに切り替えて訊いた。この戦いの中で奇妙なことが二つあった。

「何のことだ」

「惚けるか。それは鉄ではない」

樫の類でないことはすぐに解った。だが先刻の一撃で鉄だとしてもおかしいと気付いた。九鬼の腕力だけではなく、明らかに一撃が重いのである。

「その金棒。表面は鉄で覆っているが、中は……金だ」

「驚いた」

九鬼はにたりと不気味に笑った。同じ量でも金は鉄より重い。躰は騙《だま》されやすいものである。目視すれば本能で鉄での一撃を量る。が、実際は遥かに重い金での一撃。想像以上の衝撃に、受けは容易く崩される。無傷で済んだのは平九郎が受けの途中からいなしに変じたから。並の剣士なら刀を叩き折られ、一撃で臓腑《ぞうふ》を潰されるか、脳天を割られるだろう。

「幾ら掛かることやら。豪奢《ごうしゃ》なことよ」

「これを仕立てるため、よく働いた」

鯎党の頃の儲けで武器を作ったという。これだけの金を用いるに、一体どれほどの命が消えたのか。平九郎は奥歯を噛みしめた。

だが、これが正真正銘の「金棒」だとすればもう一つ。大きな疑問が残る。

「お前は真に人か」

物の怪などいない。解っていながらも、そう言うしかなかった。大半が金で出来たあの六尺棒は少なく見積もっても十貫の重さがある。それを九鬼は木の棒のように軽々と扱うのだ。幾ら鍛えても、人である限り無理な動きである。三国志演義の関羽《かんう》が八十二斤の青龍偃月刀《せいりゆうえんげつとう》を振るったというが、それは講談の中だけの話であろう。

「生まれつきだ」

九鬼は金棒を地と水平に構えて片笑んだ。

「戯言を……」

「悠長に話していてよいのか？　間もなく捕方が来るぞ」

「困るのは貴様も同じだ」

「俺は鏖《みなごろし》にして逃げるだけ。お前に出来るか？」

九鬼は平然と言い放った。惣一郎《そういちろう》、阿久多《あくた》、そしてこの九鬼、虚の者は常軌を逸している。いや、そのような者を好んで集めているのだろう。

「その前にお前を討つ」

「思案中ということか」

「もう済んだ」

大刀を瞬時に鞘へ戻し、平九郎は正面から突っ込んだ。

「居合いだな」

九鬼は己の腹目掛けて金棒を突き出した。大刀の柄を握る右手を破壊するつもりである。平九郎はさっと手を引いて体を開いた。居合いを防ぐという意味では、九鬼の思惑通りである。すでに相手の息遣いまで聞こえる間合い。居合いは打てぬが、金棒も使えぬ。

だがこれも計算通りというように、九鬼の口元が微かに綻んでいた。丸太の如き片手を金棒から離し、にゅっと平九郎の喉首を掴もうとした。九鬼の握力ならば、喉の骨が粉砕されるだろう。

平九郎は腰の裏に右手を回している。

この春、桜が散った頃より、勤めに向かう時はこれまでの二刀に加え、小太刀を腰に差すようにしている。

——行きます。

一瞬、耳朶にあの柔らかな鼻唄が蘇《よみがえ》った。

「天道《てんどう》流、乱入《らんいり》……」

白刃二本煌めく。九鬼ははっとして手を引くが僅かに遅い。腕の肉を切り裂いた。が、浅く、切った感触も人ではなく鹿などの獣に近い。異常なまでに筋が硬いのだ。

「くそっ」

九鬼が間合いを取ろうとするが、平九郎は逃がさない。ぴったりと肉薄したまま連撃を繰り出す。

「両手留《りょうてどめ》！」

天道流を相手にして、平九郎が最も苦戦した技である。小太刀を流れるように持ち替え、瞬く間に十六方から九鬼を切りつける。九鬼は金棒で防ぐのが精一杯。先ほどのように手を伸ばそうものなら、刃が指を嚙み千切る。

「むう……」

絶対に間合いは取らせぬ。平九郎は近接したまま、脇差と小太刀で斬撃を繰り出し続けた。悲鳴の数も減った。この白昼の刃傷沙汰に、巻き込まれぬようにと逃げ出している。僅かな物好きが遠目に見ているだけである。

一人であったら決してこのような無謀なことはしなかっただろう。ただ今は違う。くらまし屋の七箇条の掟の他に、暗黙の、それでいて最も大切な一箇条が加わっている。

――赤也、思い切りやれ。

白昼堂々襲ってくる尋常ならざる凶賊である。追いつくのは諦めたとはいえ、芝居に乱入して赤也を襲うことも十分に考えられる。ここで討ち果たすが最善。たとえ己が捕縛されようとも、顔を知られ、二度とくらまし屋としての勤めが出来ぬことになろうとも。

「小蠅、調子に乗るな‼」

九鬼は咆哮と共に、金棒を手元で風車の如く旋回させた。この間合いで出来る唯一の反撃である。金棒の先端が平九郎の顎目掛けて振り上げられる。

――天道流、波返《なみがえし》。

斬り上げを防ぐ技。だが、この金棒では刀が二本とも折れ、顎は粉砕される。平九郎が死を覚悟した時、脳裏にある光景が蘇った。夕焼けの中、打ちのめされて尻もちをついた己を、師の磯江《いそえ》虎市《とらいち》が見下ろしている。

――剣とは不思議なものよ。

起こりが全く違う流派どうしが、一つの貝殻のようにぴたりと相性が良いことがある。達人が技を磨く中で、必ず同じ点を通ることが理由ではないかと虎市は語っていた。

だが虎市でさえ、それほどの相性のものは、まだ三組しか見つけていない。幾つあるか想像もつかぬとも言っていたのを覚えている。その三組のうち、二組は教えて貰っていない。ただ一組に関しては、

――大刀しか使わぬ俺が、天道流との相性を見つけられたのは偶然よ。

確かに虎市は己にそう言っていたのである。天道流とあと一つは――。

「吉岡《よしおか》流、黒鉄《くろがね》！」

二つの技を同時に放つ井蛙《せいあ》流の奥義「嵩《かさね》」。これまでは別々を同時に放つだけであったが、この瞬間、平九郎は二つの技が四肢で混じり、一つになるのを確かに感じた。

両刀で金棒を受けた反動のまま、全身を風車のように捻る。頰を金棒が掠め、蒼天が見えた。

虎市は技に名はない。お前が付けろと言われ、少年であった己は適当に付けた。奇《く》しくも今の己の表の顔、飴《あめ》細工師として慣れ親しんでいるもの。十二組以上あったらどうするのだと、虎市が豪快に笑っていたのも覚えている。過去と今が混濁する中、平九郎は囁《ささや》くように呟いた。

「井蛙流……戌神《いぬがみ》」

「が……」

小太刀は九鬼の右肩の付け根に突き刺さり、脇差は頰から目を切り裂き、顔の半ばが鮮血に染まっている。

九鬼が後ろへ下がって抜こうとすると、平九郎は一歩進む。

「終わりだ」

「まだだ」

脇差で首を掻こうとした時、九鬼は金棒を右手に持ち替え、左手で己を抱きかかえようとした。背骨を折られる。そう思って後ろに下がったことで、刺さっていた小太刀が抜ける。

「さあ、またやるぞ」

九鬼が鮮血に濡れた頬で笑ったその時、複数の男たちが近付いてくるのが見えた。奉行所の岡っ引きの類ではなく、いずれも武士の恰好をしている。

「火付盗賊改方である！」

叫ぶ声が聞こえると、九鬼は舌打ちをして後ろに下がった。

「まだやるというのは嘘か！」

「退くのは、お前を確実に殺すためだ。次は必ず殺す」

九鬼はそう言い残すと猛然と走り出した。巨軀とは思えぬ跳躍を見せたが、脚も並の者より遥かに速い。平九郎は追おうとしたが止めた。それよりも芝居小屋を固めねばなるまい。

そして火盗改が現れたのに九鬼が逃げ、己がこの場に留まっているのには訳がある。先ほどの声に聞き覚えがあったのだ。

「皆の者、ここにいるのは我らの仲間、佐々木源之丞《ささきげんのじょう》である。非番の時に盗賊を見つけ、その場で取り押さえようとしたのだ。怖がらせてすまぬ」

火盗改の頭格が周囲に向けて言うと、人々はなるほどと安堵して胸を撫でおろした。火付盗賊改方の頭格、いや曽和一鉄《そわいってつ》である。故に平九郎は逃げなかったのである。

「遅れた。配下を集めてそれらしく装うのに時が掛かった。それにしても本当に白昼堂々、斬り合う馬鹿がいるか」

一鉄は小声で囁きかけた。

「向こうがな」

「虚って奴は普通じゃねえな。ともかく離れるぞ」

一鉄は顎をしゃくった。人目を避けるため、自然と己を囲む形で三橋を渡る。

「やはり九鬼段蔵だった。あの男の得物は……」

平九郎が知れたことを伝えようとすると、一鉄は首を横に振った。

「後でいい。行くんだろう」

「ああ」

「恐らくはもう来ないだろうが、念の為に湯島天神近辺を俺たちも張る。急げ」

「助かった」

平九郎は辻を折れて駆け出した。いよいよ湯島天神に近づいたその時、割れんばかりの歓声が聞こえた。これは一体、誰に向けられたものなのか。自らが剣で死闘を繰り広げるより、平九郎は胸が高鳴るのを覚えた。

五

捨て鐘の音が町に鳴り響くと、暫し間をおいて巳の刻の昼四つが打たれ始めた。息を切らしながら懸命に駆け、赤也が湯島天神内宮地芝居小屋の木戸に辿り着いたのは二つ目の鐘が鳴り響いている最中であった。

木戸の前には将之介だけがいた。他の者はすでに入ったのだろう。将之介は寺社奉行配下の役人と思しき者に、あと少しで良いから、待ってくれと頼み込んでいる。

「待たせた」

「おお！」

将之介は歓喜の声を上げる。

「最後の一人だ」

「よし」

役人は頷いて木戸を開け、将之介と共に中へ入った。

「悪いな」

「危険な目にあったのか……」

「たいしたことはねえ。皆は？」

「控えの間を二つ与えられている。お前を一人にするため、残る一つに押し込めた」

「狭いだろう？」

　赤也は気の毒になって苦笑した。

「まあな」

「十人が着替えるのに、四畳半の控えの間なんてこともあったな」

「常陸《ひたち》のぼろ寺だろう。懐かしいな……」

　将之介はしみじみとした口調で言った。天領の庄屋などに招かれ、片田舎で芝居を打つこともあった。皆で簡素な舞台を作り、同じ釜の飯を食い、安い濁り酒を呑んで、狭い部屋で眠ったものである。

「なあ、将之介」

「何だ……」

「お前の言ったことが正しかった。俺じゃあ、とても夕希を幸せになんて出来ねえ」

「そんな……俺だって借金を……」

「濱村屋を守るためだろうが」

「そうだが……」

　将之介は項垂《うなだ》れて消え入りそうな声で言う。

「何年経とうが、こっちは負けねえがな。この大根め」

赤也は掌を宙に舞わせ、にっと笑った。

「うるせえ」

将之介も微笑んだ時、丁度、控えの間に着いた。赤也は頷いて中へと入る。そこには予め運ばせた己の化粧道具と鏡が置かれており、衣紋掛けには煌びやかな着物が掛かっている。亡き菊之丞が用いていたものである。

赤也は細く息を吐くと支度を始めた。菊之丞は着付け、髪結い、化粧、全て自らの手で行っていた。それは「二代目吉次」もそうである。着替えと髪を終えた後、鏡の前に赤也はすっと腰を下ろした。丁寧に白粉を塗るにつれ、鏡の中に菊之丞が、父が蘇っていく。最後に小指にちょいと紅を付けて唇に引くと、赤也は鏡の中の人に向けて言った。

「あんたが嫌いだ」

菊之丞は芸の道を行くため母を捨てた。だがそれで何千、何万の人々に感動を与えたのも確か。中には菊之丞の芝居を見て、世にはこれほど美しいものがあるのかと死を思い留まった者もいたという。

芸のために女を捨てた菊之丞と、女のために芸を捨てた己。正反対のようで、実はよく似ているのかもしれないと今は思う。

「どう生きて欲しかった」

何事も徹底する菊之丞らしくない。本当に女であることを守りたいならば、実子を養子に装うなどという危険を冒す必要はない。それでもそうしたのは、唯一の父としての願いが込められていたのではなかったか。

「俺は、今が案外、気に入っている」

引き返せない。いや、引き返そうとは思わない。偶然で得たもう一つの一生だが、今は心からそう思う。

部屋の中にいても大気の震えが解るほどの歓声が上がった。籤《くじ》により先に演じるのは天王寺屋《てんのうじ》。いよいよ幕が開き、中村富十郎《なかむらとみじゅうろう》が舞台に現れたのだ。己に向けられたものではないが、久方の歓声に躰が震えた。

――まだ未練があるんだろう。

その時、ふと父に訊かれたような気がした。

「あるよ」

――じゃあ戻って来たらいい。

「だから断ち切るために戻ったのさ。立つ鳥、跡を濁さず……ってな」

歓声が鎮まると同時、赤也は真っすぐ見据えて言い放った。

「二代目菊之丞、最初で最後の大舞台、あの世からしっかり見てろ」

赤也が頬を緩めると、父もまた微笑みを浮かべた。鏡に映るものは何も変わらないはずなのに、そこにもう父はいない。腹を括った一人の女形の姿が映っている。

六

天王寺屋の芝居が間もなく終わる。途中、幾度か喝采が起こり、天王寺屋と呼びかける客の弾んだ声も聞こえた。

「そろそろだ。いけるか」

「ああ」

襖を開けた将之介はあっと息を呑んだ。

「まるで本当に生き返ったみたいだ……」

「だろうな」

「ただ、その話し方は……」

将之介の顔が曇る。菊之丞は舞台を降りても女言葉で通していたからである。

「舞台も一生の一部だったあの人と違い、己にとっての舞台はもう一つの人生。切り替わる」

「そうか。よし」

将之介に伴われて舞台の袖へと赴く。すでに他の役者たちは集合している。腕を吊るした吉次の姿もあった。人手が足りぬため裏方として奉公人もおり、中には夕希もいる。芝居が終盤に差し掛かっており、皆が食い入るように袖から見つめている。

「皆、遅くなった。今日、看板を務めてくれる役者だ」

将之介が言うと同時、皆の視線が己に一斉に注がれた。

「えっ――」

濱村屋の半数が絶句し、呆気に取られている。己が去った後に入ったと思しき残り半数は、訝《いぶか》しそうに首を捻った。

「まさか……嘘だろ……」

役者の参次郎《さんじろう》の目には涙が浮かんでいる。

「菊之丞様ですか……?」

知らぬ者が囁くように訊く。

「違う。この人は――」

「参次郎」

赤也は唇にそっと指を当てて続けた。

「誰でもいい。任せておけ」

「はい！」

涙を袖で拭いながら参次郎は頷いた。己を知っている者は皆が似たような反応である。中でも止めどなく涙を流しているのは、義弟の吉次であった。赤也は吉次のもとに行くと、そっと肩に手を置いた。

「辛い思いをさせたな」

「うう……何で……夢を見ているんじゃあ……」

「ああ、夢さ。芝居が終われば覚める」

「そんな……」

吉次の涙を指で拭ってやりながら言った。

「心配ない。お前の才は俺より上だ。きっといい役者になる。もう二度と生き返って欲しいなんて頼むなよ」

「それは――」

言葉を失う吉次の耳元に口を近づけ、赤也はそっと囁いた。

「毎度あり」

「まさか……」

「そういうことだ」

　くらまし屋が死人を生き返らせた。死んだはずの己を見つけて来た。あるいは己もくらまし屋の一人。吉次がどう取ったのかは判らない。ただ「そういうこと」でいいのだ。

　天王寺屋の芝居が終わった。大道具が上手にはけるため、役者たちは下手にはけて自然、出番を待つ己たちとすれ違う。先頭はあの中村富十郎。皆が見慣れぬ役者が濱村屋にいるのを訝しんでいる中、富十郎だけは流石といえよう。淡い驚きを見せ、すでに己だということに気が付いている。

「驚いた。何処かで生きているような気がしていたが……隠し玉がお前とはな」

「ご無沙汰しております」

「俺が芸のことばかり考えているがため、すまぬことになっている」

　富十郎は小声で言って唇を嚙んだ。この数十年で芝居の文化は一気に花開いた。それに伴って多くの金が動き、多くの人が関わるようにもなっている。役者一人が芸だけを考えて生きられる時代は過ぎたのだ。富十郎もその見えぬ潮流に身を委ねるしかなかったのだと悟った。

「心配はいりません」

「ほう。それは？」

「私が……濱村屋が勝ちます」

「ふふ。数年離れていたのに、えらい自信だ」

「芝居は心ですので」

赤也が凛と言うと、富十郎は化粧ののった頰を緩めた。

「これは手強そうだ。袖で見させて貰う」

富十郎はそう言い残して一度控えの間に引っ込んだ。

いよいよ濱村屋の番である。天王寺屋だけが目当ての客もいたらしく、席を立ち始めた客もちらほらいるのが幕の隙間から見えた。

「皆々様、お力添えよろしくお願い致します」

赤也が言うとまた涙ぐむ者もいた。今の言い回しは己でも驚くほど、菊之丞にそっくりだったのだ。まだ熱気の残る舞台を背に、赤也は静かに言葉を紡いだ。

「よい芝居……それこそ客が夢心地になる芝居にしましょう」

皆が頷いて一斉に持ち場に就く。髪が乱れていないか最後に確かめるのは夕希の役目らしい。恐らく将之介がそうしたのだろう。夕希は櫛《くし》を手に、島田髷の鬘《かつら》の隙間をしっかりと見ていく。

「夕希」

「はい」

「もうすぐ、久しぶりに見られるぞ」

「はい……芝居をしている吉次さんは本当に……」

夕希の声が詰まる。手の震えを抑えながら櫛を引いた。

「ようやく心から言える……幸せにな」

赤也が穏やかに言うと、夕希は頬に一筋の涙を伝わせながら頷いた。

「さあ、幕開けだ」

袖で将之介が手を上げ、裏方へ指示を出す。ゆっくりと幕が引かれていく。大入りの客席が目に映る。常連客が見たことがない役者だと気付いたのだろう。心地よいざわめきが起こる中――。菊之丞は艶やかに微笑んだ。

七

平九郎が湯島天神に駆け付けた時、天王寺屋の芝居が間もなく終わるという時であった。予めどの辺りに座るか解っているため、七瀬の姿をすぐに見つけた。

——何とか間に合った。

平九郎が頷くと、七瀬もまた頷き返す。

他に茂吉、お春の姿も見える。二人とも赤也の生涯最後の舞台を見たいと駆け付けてくれたのである。

——あそこ。

と、いうように七瀬が指さす。客席にあの篠崎瀬兵衛が座っている。横にいるのも確か瀬兵衛が新右衛門と呼んでいた下役である。

七瀬は指を動かす。その先々に道中奉行配下と思しき者の姿があった。客席の両側に突き出す花道の傍、木戸の近くなど、どこに逃げても押さえられる陣容を取っている。

今のところ動く気配はない。芝居の最中に踏み込めば、事情を知らない客がいきり立って混乱を生む。その混乱に乗じて逃げられることも考え、恐らくは芝居が終わり次第すぐに捕縛する気だと見た。

「あれが富十郎……」

平九郎は呟いた。素人の己でも解る見事な舞。華があるというのはこういうことなのだろう。みるみる引き込まれた。

天王寺屋の芝居は大喝采のうちに終わった。幕間を挟んでいよいよ濱村屋の芝居が始まる。

ゆっくり幕が引かれると、観客に微かにどよめきが起こった。天王寺屋の芝居だけ見て帰ろうとしていた客も足を止める。

立っているのは己が知っている赤也ではない。だからといって別人という訳でもなかった。確かに赤也の息遣いのようなものを感じる。上手く口には出せないが、それが赤也の答えなのだろうと平九郎は感じた。

「菊之丞だ……」

「死んだはずじゃあ」

「おい、静かにしろ」

などと、こそこそ話している客もいた。

娘道成寺は七つの段に分かれているらしいが、あまりに長くなるため縮められることも多い。此度の芝居合戦は三の段からだと聞いている。

地方《じかた》たちが三味線を弾かず、声だけで節を奏でる。

「花のほかには松ばかり……」

赤也は烏帽子《えぼし》をそっと被り、乱拍子を踏み始めたところで、客席が揺れた。皆が同時に身震いをしたのである。

「道成の卿うけたまわり……」

赤也が謡い出す。その玲瓏《れいろう》たる声に客たちは息を呑んだ。

——これは……。

富十郎の時と異なり歓声は上がらない。だが嘆息が重なり、皆が魅入られているのが解った。あの瀬兵衛さえも半ば口を開き、恍惚《こうこつ》の目で舞台を見つめている。

まるで夢幻。芝居の中の花笠踊りでは、富十郎は複数の笠を巧みに使って舞う。赤也はたった一つの笠を用いた。だがそれが時に二つにも、三つにも見えるのだ。

他の役者も赤也に鼓舞されたかのように躍動している。

芝居が瞬く間に流れていく。平九郎は時が圧縮されたような感覚を受けた。それは観客も同じだろう。あっという間に終盤がやって来た。

盛大な囃子《はやし》の中、大道具の釣鐘に乗り、黒子に手伝って貰って着物を赤から白に着替える。そして鐘を打つ棒である橦《しゅ》を持って舞う中、幕が閉じるのである。富十郎もまたそうしていた。

だが濱村屋は違った。赤也は鐘から今一度降りたのだ。鐘の後ろを通ったほんの僅かな間で、再び着物が白から赤へと変じている。このあっという間の早着替えに、濱村屋の芝居で初めて割れんばかりの歓声が上がった。

囃子はさらに高まり、赤也は幢を持って舞う。先ほどまで赤也が来ていた白い着物が、鐘の後ろからふわりと投げられた。赤也は流れるような舞いの中、幢の先にそれを引っかけた。

そしてゆっくり、掲げたのである。その艶やかさの中に雄壮さも滲む姿に、客席から濱村屋と呼ぶ声が無数に飛んだ。

幢を引くと、白い着物が舞い落ちる。囃子がぴたりと止む。すでにそこに赤也の姿は無かった。白い着物に視界が遮られた一瞬で忽然と姿を消したのである。吃驚の声に続き、地鳴りの如き喝采が巻き起こった。間違いなく今日一番の歓声に、平九郎は口を窄《すぼ》めて拳を握りしめた。

八

見事としかいいようがない。瀬兵衛は二代目吉次に見惚れる思いであった。同時にこのような男が裏の道に入ったことを、

――実に惜しい。

と思った。

芝居は間もなく終わる。出来れば終わって欲しくなかった。幕が引かれれば己はこの男のことを捕まえねばならない。

「新右衛門」

「は、はい……」

横の新右衛門も呆けたような顔で見つめていた。

「終わり次第、舞台に踏み込む」

「解りました」

鐘の上で終わると思いきや、吉次は再び舞台に降りて舞い出した。早着替えも見事。このような芸の達人を相手にしていたのだから、手こずるのも無理はないことであった。

観客の歓声が最高潮に達する中、舞う吉次と目が合った。こちらの存在に気付いている。

吉次は悪戯な娘のように、微かに笑った。

――まずい。

そう直感した時、檀に引っ掛かっていた白い着物がひらりと落ちた。その刹那、瀬兵衛は目を疑った。吉次の姿が舞台から煙のように消えたのである。

「新右衛門‼」

津波の如き歓声が巻き起こる中、瀬兵衛は叫んだ。

「はい！　踏み込め！」

瀬兵衛が動いたことで、客席にいる八人の道中奉行配下が舞台上に殺到した。観客は何が起こったのか解らないだろう。まだ芝居の余韻に浸っているのか、眼前のこの光景を不思議とも思えないのか、悲鳴は起こらなかった。まだ鳴りやまぬ歓声が続くだけである。瀬兵衛は吉次の消えたところまで辿り着いた。

「迫《せり》か！」

舞台に大きな木枠が嵌められたように、四角い切り穴が開いている。ここに役者や大道具をのせて上下させ、客の意表を衝く演出に用いるものである。

「これは何処に続く⁉」

新右衛門は囃子方の肩を摑まえて訊いたが、囃子方は涙目で首を横に振る。

「私たちも今日、迫を使うとは聞かされていません……」

「くそっ……追うぞ！」

瀬兵衛は奈落に飛び込み、新右衛門ら皆が続いた。深さは四尺ほどとさほどでもなく、舞台の下で横に続いている。瀬兵衛は暗闇の中を手探りで、這うように進んだ。

湯島天神の外まで続いているのではないか。だとすれば相当大掛かりなものを事前に作っていたことになる。そのような猶予はあったか。激しく頭を旋回させながら五間ほど這っていると、どんと額が何かにぶつかった。

「行き止まりだ……」

「そんな。何処かに横穴が隠されているのでは⁉」

すぐ後ろから新右衛門が叫んだ。いや、左右だけでなく下も確かめつつ進んだが、そのようなものは無かった。

「皆、続いている場所を探せ――」

「待て！」

「え……」

「静かに！」

瀬兵衛が命じると、皆が一斉に口を噤む。上から歓声が届く。まだ興奮が冷めていないのか。いや、違う。先ほどよりもさらに歓声が大きくなっている。

「嵌められた……戻れ！」

「どういうことです⁉」

「まだ芝居は終わっていない！　どこかに姿を隠していてまた現れたのだ！」

思えば幕も引かれていなかった。己たちが踏み込むのも芝居の中に組み込まれていたのだ。では何処へ消えた。迫を使う以外にあの消え方は出来るはずがない。

皆で慌てて戻る。先頭だった瀬兵衛は自然と最後尾になる。

「閉まっています！」

「何だと⁉　開けろ！」

「駄目です！　びくともしません！」

「代われ！」

身を捩るようにして先頭まで行き、先ほどまで四角く開いていたはずの床をまさぐった。切り穴は何かで塞がれており、上から重石でも載せられたのか押しても寸とも動かない。そもそも切り穴を塞げるような物は何処から持ってきた。まだ芝居が続いているというのなら、あれほどの芝居をする者が野暮な物を運び入れるところを見せはすまい。

「しまった……すでに見ていた……」

「どういうことです⁉」

「もう一つから滑らせたのだ」

瀬兵衛は下唇を強く噛みしめ、くぐもって聞こえる喝采の中、床を下から殴打した。

九

迫の仕掛けは単純。切り穴は二つ並んであったのだ。片方だけ塞がれており、蓋《ふた》のような板を横に滑らすと隠されていたもう一方が出現し、もとからあったほうの迫は隠れるという仕組みである。

赤也が入った迫はどこにも続かない。入るや否や蓋を滑らせる。道中奉行配下の連中が奈落に飛び込むのを見てから、黒子が迫の上の床を二度叩く。この黒子は将之介で、舞台に落ちた白い着物を客席に向けて広げ、これに隠れながら赤也が床板を滑らせて這い出る。そして蓋が動かないように、黒子を務める将之介が上に乗るのである。

「吉次……」

将之介は泣いていた。

「黒子が泣くな。大根」

「うるせえ……」

「俺たちの勝ちだ」

赤也が言った瞬間、将之介は着物を高く投げた。消えたはずの人が再度現れたことで、天を衝くほどの歓声が上がった。

「やはり菊之丞だ！」

「黄泉から戻ったんだ！」

などという興奮した声も聞こえる。赤也が艶やかに微笑み一節舞うと、ゆっくりと幕が引かれていく。

客の一人一人の顔がはきと見えた。今にも泣き出しそうな茂吉、こちらに向けて手を振るお春、腕を組んで頷く平九郎。七瀬が珍しく熱っぽい目を向けて微笑んでいる。不思議な感覚であった。客のうねりを見ながら、袖にいるはずの額を押さえて笑う富十郎、憧憬の眼差しを見せる吉次、口を覆って涙する夕希まではきと見える。

――これにて。

赤也が心の中でそっと別れを告げたのは、舞台であったか、それとも亡き父であったか。いや、歩むかもしれなかった、もう一つの人生かもしれない。

十

蟬の声がめっきり少なくなり、風の中にも柔らかさを感じる。芝居合戦から半月と少しが経ち、秋が深まりつつある。

あの日、幕が引かれた後に控えの間へと戻ると、予め用意していた商人の恰好に化けた。そして客に紛れて悠々と湯島天神を後にしたのである。その間、誰とも言葉を交わすことはなかった。伝えるべきは伝え、見せるべきは見せた。

芝居合戦の結果はどうなったか。濱村屋は勝ってはいない。だが負けた訳でもなかった。赤也が舞台を去った後、あの中村富十郎が再び舞台に出た。そして何が起こるのかと息を呑む観客に向け、

——御覧の通り、今日は濱村屋の勝ちだ。

と、いきなり言い放ったのである。それに対し将之介もすかさず舞台に立ち、

——そもそも芝居で争うなど愚かしいことです。それぞれの胸に良い芝居が留まればよいではないですか。

そう懸命に訴えた。とんだ茶番だと鼻白む者が出なかったのは、それぞれが最高の芝居を魅《み》せたからであろう。観客からも賛同の声が巻き起こり、事態を収束させるために寺社奉行の役人が出るほどであった。

これは幕閣の耳にも届き、再度議論されることになった。前回は評定に参加していなかった松平武元が、ここぞとばかり、このようなことに口を出したことを糾弾し、

——民のほうがよく解っている。その声を聴くべきよ。

そう熱弁を振るったことで、芝居合戦そのものが無効となったのである。そして

「娘道成寺」は、それぞれの持ち味を生かして今後も演じられることで収まった。

今回の芝居合戦で、己だけでなく脇の役者の出来の良さも評判となった。その直後に吉次が菊之丞の名跡を継ぐため、襲名披露の準備に入ると発表したこともあり、濱村屋への関心はいやが上にも高まっている。次はいつやるのかと多くの問い合わせも受けているらしい。窮地を脱した訳ではないが、今の濱村屋の面々ならば、きっと上手く立て直すだろう。

「げ……」

不忍池の畔、一人の男が立っている。篠崎瀬兵衛である。素知らぬ顔で横をすり抜けようとすると、声が掛かった。

「一杯食わされた」

「何のことで？」

赤也はひょいと首を捻った。

「どこまでいっても惚けるのは解っている。まあ、聞け」

怪訝そうな顔を作る赤也に対し、瀬兵衛は苦笑しつつ続けた。

「今はお前を捕らえられない」

耳の形だけで捕らえるというのは、そもそも無理があった。証言者は瀬兵衛だけなのだ。私怨を抱く者の耳の形を事前に告げ、後に捕らえるということが出来てしまうためである。だが、それでも何とか方々を説得出来たのは、湯島天神芝居合戦。濱村屋側の主役がその男。何処からともなく現れ、煙の如く消えると断言する。このようなことは一介の役者に出来るはずもなく、死んだ者が生きているのではないかと思わせるその一事でも民を惑わすこと。その場で摑まえたならば、私怨ではないと信じて欲しいと頼んだのである。つまりこの証拠で裁くには、芝居合戦の舞台の上で捕らえるしかなかったというのだ。

「それはご愁傷様なことで……」

あくまで世間話という形で赤也は応じた。

「嬲《なぶ》るな」

「馬鹿にしちゃいない。あんたほど厄介な人はいねえと、その男も思っているはずです」

本心からの言葉である。血も涙もない虚も厄介であるが、この男は血も涙もあるから余計に厄介なのだ。

——芝居は心。

に通じるものがある。人の想いは重ねれば、やがて石を穿《うが》つこともあるとよく解っている。

「あれほどの腕前だ。濱村屋に戻るのも今ならば叶うものを……勿体ない。芝居を続けろよ」

「勘違いをなさっておられるでしょう」

「どういうことだ」

「人の一生そのものが、長い芝居のようなものじゃあありませんか」

赤也が言うと、瀬兵衛は苦く頬を緩めた。

「似たようなことを言われた」

芝居が終わって暫くして、偽の迫に閉じ込められた道中奉行配下の連中を救い出したのは将之介であった。将之介は、

——芝居の最中に飛び込んで来られたので驚きましたよ。

と、困り顔で言ったという。配下の中には何故、迫を開けなかったと怒る者もいたという。だが将之介は一切怯むことなく、

——舞台に立てば殺されても続けるのが役者。動き出した芝居は止まりません。

凜然と言い放ったらしい。その時、瀬兵衛は芝居を、人の一生に重ねているのだと感じたという。

「そうですか。濱村屋に何か？」

赤也が尋ねると、瀬兵衛は首を横に振った。

「芝居に乱入した我らが悪い」

赤也は些か安堵した。が、そもそも共謀した証拠もないのに濱村屋の者をしょっぴくような男ではないことをよく知っている。

「ありがとうございます」

「寺社奉行から矢のような苦情だ。当分は大人しくする」

お咎めこそなかったものの、暫くは目立ったことをするなと上役に釘を刺されたという。

「お役人様こそ惚けないで下さいよ。そんなたまじゃあないくせに」

「その通り。何かあれば……な」

瀬兵衛は不敵に片笑んだ。相貌も全く違うのに、何処か平九郎を彷彿とさせる笑みである。

「くわばら、くわばら。世の悪人どもが震えているでしょう」

赤也は大袈裟《おおげさ》に眉を八の字にした。

「引き止めたな」

「では」

赤也は深々と礼をすると、するりと地を滑るように身を翻して歩き始めた。まるで舞台の所作のように。

「伝えてくれぬか？」

背後から声が掛かる。赤也は振り向かぬまま答えた。

「私に出来ることならば」

「見事な芝居だったと」

「喜ぶと思います」

ひょいと手を宙に舞わせると、瀬兵衛が鼻を鳴らすのが聞こえた。忌々しさが籠っているようには感じない。微かに笑みも含まれた、小憎らしい悪童に向けるようなものである。

十一

これまでも知人に会わぬように十分に気を付けてきたが、此度はあまりにも間が悪かった。そのせいで事態は思わぬ方向へと転がり始め、ここまでの大事になってしまったのである。

赤也が向かう先は、この事件の発端となったあの煮売り酒屋である。あのお喋りだけは、何としても口止めしなくてはならない。これ以上何か話せば、口を完全に封じるようなことも必要となってしまう。赤也はため息交じりに暖簾《のれん》を潜った。

「お国を呼んでくれないか」

給仕の女に頼むと、お国が奥から姿を見せた。まだ店が開いたばかりで客がほとんどいないことに加え、主人に酒代にしては十分な金を渡したことで、暫しお国を借りることが出来た。

「今日は大事な話があってきた」

事情があって巨悪に追われており、見つかれば命を奪われかねない。己と会ったと聞けば、お国にも累が及ぶ。厳しい責めどころか、殺すことも何とも思わない輩である。あながち全てが嘘ではない。虚などは真にしてのけるだろう。結果、虚実交えて話したことになる。話すにつれて、お国の顔はみるみる青くなっていった。

「だからもう俺の話をするな。将之介にも、夕希にも。あいつらもそれを解っている」

赤也が最後にそう締めると、お国は肉付きのよい頬を震わせて、こくこくと頷いた。

「吉次さんは……」

「俺は江戸を出る。だが万が一、町で見かけても知らぬふりをしな。絶対だぜ。俺はお前のためを思って言っている。死にたかねえだろう」

さらに念を押すと、お国は観念したように溜息をついた。

「解ったよ。これが最後なんだね……」

「そうなる」

「それにしても凄い芝居だったよ」

「ありがとうよ」

確かに客席の中にお国の姿もあったのを、言われて初めて思い出した。

お国は褒めてくれたが、先刻、瀬兵衛に言われたほうが、どういった訳か余程嬉しく思える。

なるほど。この女の人生の中に己という存在がないからであろう。通りすがりの人のようなものなのだ。

執拗なまでにお節介焼きのお国なのだ。そんなことはないと言う者もいよう。だが赤也はそうは思わない。相手のためにお節介を焼いているのではなく、お節介を焼いている自分が好きなのだ。他人ではなく己しか見ていない。皆が皆という訳ではないが、お節介焼きと言われる者の大半はそうではないか。

捕らえるためという理由であるが、全力で己に向き合う瀬兵衛に言われたほうが嬉しかったのはそのためだろう。

「じゃあな」

赤也は話を切り上げて行こうとした。

「夕希と会ったかい？」

得意のお節介焼き。思わず舌打ちしそうになったが、これが最後だと思い、苦く答えた。

「ああ、幸せそうで安心した」

「赤也さんも幸せになりなよ」

お国が背後から呼び掛ける。歩き始めた赤也は軽く手を上げて応じた。

が、数歩歩いたところで、ぴたりと足を止めてしまった。何故か無性に腹立たしさが込み上げて来たのだ。平九郎や七瀬、茂吉、お春の顔が脳裏に次々に浮かぶ。

「決めんなよ」

「え……？」

「俺が幸せじゃねえって」

首だけで振り返ってはきと言い放った。意味が解らないのだろう。お国はきょとんとしている。

「達者でな」

赤也はそう言い残すと、再び前を向いて歩き始めた。

もしこの様を七瀬が見ていたとしたら、言っても無駄なんだから止めておけ。小さい男ね。などと、呆れ顔で言うだろう。

「何かむかついたんだよ」

項を掻いて独り言を零した。

秋の薫風は、遠くに見える雲の峰を解いていく。実によい日である。頭の上で手を組んで伸びをすると、自然と欠伸《あくび》が漏れた。

「眠《ねみ》い」

目尻に浮かんだ涙をそっと指で拭い、秋空に向けて赤也はふっと笑みを飛ばした。

終章

平九郎《へいくろう》は波積屋《はづみ》の小上がりで、今日も大繁盛の店内を見渡して杯を傾けた。肴《さかな》は鴫《しぎ》焼。茄子《なす》を縦に二つに割り、竹串に刺して胡麻油をたっぷりと塗る。そして炭火で軽く炙《あぶ》った後、練った味噌を塗って焦がさぬように再びじっくりと焼く。平九郎は野趣溢れるこの料理が好きで、茂吉《もきち》に度々作って貰っている。まもなく旬が過ぎるため、少し寂しく思いながら齧《かじ》りついた。

「お春《はる》、頼む」

「冷やね」

銚子《ちょうし》を掲げて言うと、お春は弾んだ声で応じた。芝居合戦の後、赤也《あかや》とは会っていない。波積屋にも姿を見せていなかった。

——後の一切は俺が済ませる。

だから任せて欲しいと赤也は言っていた。済んだらまた、ひょっこりと顔を見せるだろう。

「平さん」

七瀬が顎で入口のほうを指した。赤也が来たのかと思ったが違う。そこに立っていたのは曽和一鉄である。

「いいか？」

「こっちの科白だ」

平九郎は苦笑した。どうせきな臭い話である。御庭番ともあろう者が、それを堂々とこのようなところで話してよいのかという意味である。

「案外、こっちのほうが漏れねえもんさ」

一鉄は不敵に笑って、向かい側に腰を下ろした。

「これの件だ」

掌に四本の指を当てて一鉄は言った。九鬼の件だとすぐに解った。九鬼の相貌、身形、得物、戦った上での所感、己が頬から目に掛けて傷を付けたことなど、すでに余すことなく語っている。ただあの人外の怪力の訳だけが解らなかった。生まれつきだと九鬼は言っていたが、何か絡繰りがあるのだろうと平九郎は思っていた。

「恐らく本当に生まれつきだな」

何か理由を突き止めたのかと思ったが、意外にも一鉄は九鬼と同じことを言って苦笑した。

九鬼の出自については解らない。ただ鰔《かいらぎ》党時代には配下に、志摩《しま》国の生まれで九鬼様のご落胤《らくいん》などと嘯《うそぶ》いていたらしい。他に配下に語っていたことの中に、

――祖父もそうだった。

九鬼の血統では稀に人外の膂力《りょりょく》を持って生まれる者がいるという。五つの時に大岩を持ち上げたとか、十歳で暴れ馬を投げ飛ばしたとか、先祖のそうした逸話は枚挙に暇がない。ただいずれも短命で三十まで生きられたら御の字という。故に九鬼の家では齢十三になれば嫁取りをするという因習があるほど。祖父は僅か二十九で躰の痛みを訴えて死んだ。舌が大根ほどに腫れていたため、直接の死因は窒息であったという。己は間もなく四十になるが、どうした訳か幸いにも生きている。だがいつ死んでもおかしくないため、やりたいままに振舞うと言っていたらしい。

「方々の蘭方医にも訊いた。稀有な例ではあるが、確かに生まれつきそのような者がいるらしい」

「種も仕掛けもないとなると、余計に厄介だ」

平九郎は拳で自らの額をこつんと叩いた。

あの怪力から繰り出す金棒の威力は、暴れ牛の突貫をも凌ぐ。今回は懐に入って猛

攻を続けて凌いだが、一撃でも受ければ全身の骨が粉砕され絶命していただろう。再び相まみえることになれば、九鬼も何らかの対策を講じてくるのは明らかである。

「その九鬼、どうもある男を追っているらしい」

「俺か」

「いや、その前からだ」

一鉄は顔を近づけて続けた。

「炙《あぶ》り屋だ」

「何……」

「奴らは手練れを引き込もうとしている。その白羽の矢が立ったのだろう。もしあれが加わるとなれば、いよいよ手が付けられなくなる」

「心配ない。あいつは入らない」

平九郎は盃に酒を満たしつつ答えた。

「何故、そう言える」

「あれは誰にも従わない。だから手強い」

「そうか」

平九郎がそこまで言い切るのならば。と、一鉄も得心の顔になる。そこにお春が一鉄のための盃を持ってきた。

「はい、どうぞ」

「すまないね」

一鉄は口を綻ばせる。こうして見ると、誰も公儀隠密の長などとは思わないだろう。

平九郎が酒を注ごうとするのを手で押し止め、一鉄は手酌で杯を満たしながら零した。

「それにしてもあいつら化け物揃いだ……」

「確かにな」

阿久多《あくた》、九鬼段蔵《だんぞう》。いずれも一騎当千の猛者。今の己では負けぬまでも、相打ちになることは十分にあり得る。特に榊惣一郎《さかきそういちろう》は計り知れないものがあり、相打ちに持ち込むのすら厳しいかもしれない。さらなる高みに上らねばならない。そのためにはかつて師の磯江虎市《いそえとらいち》が言っていた、流派の組み合わせを見つける必要がある。井蛙《せいあ》流の奥義である「嵩《かさね》」は、本来はそのために生み出されたものではないかとも思っていた。

「頼みがある」

平九郎は盃を置いて低く言った。

「何だ」

「磯江虎市という男を捜して欲しい」

次第を告げると、一鉄は感嘆を漏らした。

「お前より強いって本当かよ……」

「少なくとも昔は全く歯が立たなかったし、今の俺と比べても向こうが上だ」

「その男が『組み合わせ』を知っているんだな」

「当時で三つ。今ならばもっと見つけているかもしれん」

「生きているのか……?」

「解らん。だが、そう易々と死ぬとは思えない」

確証がある訳ではない。だが今もこの天下の何処かにいるような気がするのだ。

「そんなに強いなら、それこそ引き込んだらいい」

「うーん……どうだろうな」

虎市ならば、あの榊惣一郎をも討てるかもしれない。だがあの奇人が、一筋縄で力を貸してくれるとも思えないのである。

「ともかく捜してみる」

一鉄が引き受けてくれた時、波積屋の戸が勢いよく開いた。

「来たぜ!」

「赤也さん!」

お春が嬉々として出迎えた。

「寂しかっただろう？」

「まあね」

ふふとお春が微笑《ほほえ》む。

「茂吉さん」

「はいはい。解っているよ。何か飛びっきり美味《うま》いものを作る」

茂吉も板場から満面の笑みを向ける。

「楽しみだ」

赤也はにっと笑って、こちらに目を向けると滑稽なほど仰け反った。

「平さん。うえっ、あんたまで」

「おう」

「お邪魔しますよ……っと」

赤也は小上がりにやってきて腰を下ろし、二人を交互に見て尋ねた。

「何の話していたんだい？　どうせ酒の不味くなる話だろう」

「まあな」

「そういえば、阿久多を見たぜ」

鳴焼の味噌を指に付け、赤也はぺろっと舐《な》めて言った。

「なっ――」

「何処でだ」

平九郎と一鉄の声が重なる。

「客席にいた」

「何故、言わなかった」

「言う間なんかねえよ。それに……」

「それに？」

平九郎は鸚鵡《おうむ》返しに訊《き》いた。

「あそこにいる限りは客だし。鼻水啜《すす》って泣いてたし」

九鬼が襲ってきているのに、阿久多は芝居が終わっても何も仕掛けてこなかったのなら、案外本当に観に来ていただけなのかもしれない。舞台の主役を務めていたのが、くらまし屋の一味とすら解っていなかっただろう。結果としては、こちらから何も手を出さないので正解だったことになる。

「全くお前は……」

「それが俺の流儀ってやつだ」

不敵に笑った赤也の唇に味噌が付いているので、平九郎は思わず噴き出した。

「何が流儀よ。馬鹿」

赤也ははっとして振り返った。先ほどから酒を持った七瀬が聞いていたのを、赤也だけが気付かないでいたのだ。

「いいだろう」

「いいけど、それでもし何かあったら……」

「何だよ」

僅かな間を空け、七瀬は不愛想に答えた。

「皆に迷惑が掛かる」

「そうだな。すまん」

七瀬は深淵に届くほどの溜息を零して酒を置く。

「で、どうなの」

「終わった」

「そう。ご苦労様」

赤也は自らの頬をぴしゃりと叩くと、皆をゆっくりと見渡して言った。

「ありがとう」

平九郎はぱっと眉を開いて微笑み、七瀬も丸い息を漏らして口を綻ばせる。赤也を引き込んだことで、あの日の勤めは宙に浮いていたのかもしれない。それを四年越しの今、やっと終わらせられた心地がした。

賑々しい店の中、お待ちどお様というお春の声が響き渡る。これまでの日々が戻って来たことを感じ、平九郎は赤也の盃にとくとくと酒を注いだ。

その袖の下を、ようやくするりと夏の残り香が通り抜けてゆく。

時代小説文庫
い24-8

立《たつ》つ鳥《とり》の舞《まい》 くらまし屋稼業《やかぎょう》

著者 今村翔吾《いまむらしょうご》

2021年2月8日第一刷発行

発行者 角川春樹

発行所 株式会社角川春樹事務所
〒102-0074 東京都千代田区九段南2-1-30 イタリア文化会館

電話 03(3263)5247[編集] 03(3263)5881[営業]

印刷・製本 中央精版印刷株式会社

フォーマット・デザイン&シンボルマーク 芦澤泰偉

ISBN978-4-7584-4365-4 C0193

http://www.kadokawaharuki.co.jp/[営業]
fanmail@kadokawaharuki.co.jp[編集] ご意見・ご感想をお寄せください。